Drei Mächte

—

Der Besucher

von Marla Winter
aufgezeichnet von M. Meissner

Drei Mächte

—

Der Besucher

von Marla Winter
aufgezeichnet von M. Meissner

Melanie Meissner
Drei Mächte - Der Besucher
Fantasy-Roman

1. Auflage 2016
Lektorat: Kornelia Schwaben-Beicht
Buch- und Umschlaggestaltung: Melanie Meissner,
　　　　　　　　　　　　　　　　Marita Sydow Hamann
Copyright © Melanie Meissner
Alle Rechte vorbehalten.
melx72@web.de

Herstellung und Verlag: BoD – Books on Demand,
　　　　　　　　　　　　Norderstedt

ISBN 9783739225845

Bibliografische Information der Deutschen
Nationalbibliothek: Die Deutsche Nationalbibliothek
verzeichnet diese Publikation in der Deutschen
Nationalbibliografie; detaillierte bibliografische Daten
sind im Internet über www.dnb.de abrufbar.

Für Gunther

und für Johanna und Helene

Inhalt

Vorwort	9
Notaufnahme	11
Erik Sommer	24
Ein neuer Kollege	40
Fluchtplan	53
Entführt	62
Im Versteck	71
Träume	81
Asgard	95
Unerwarteter Besuch	109
Der See	130
Medusa	146
Die Suche	158
Stonehenge	173
Folge deinen Träumen	190
Am Wasserfall	200
Marlas Nachwort	217
Nachwort	218

Vorwort

Dieses Buch habe ich auf der Grundlage von Aufzeichnungen, welche ich von einer Kollegin und guten Freundin erhalten habe, niedergeschrieben. Ich weiß nicht, ob es richtig ist, das Geschriebene der Öffentlichkeit zugänglich zu machen. Aber als meine Freundin Marla mir ihre Notizen damals gab, sagte sie mit Zuversicht in ihrer Stimme, ich würde wissen, was damit zu tun sei, und dass es in meinen Händen besser aufgehoben wäre als in ihren.

Zunächst verstaute ich alles für einige Jahre, ohne einen Blick darauf zu werfen. Dann aber trat ein Ereignis ein, welches mich veranlasste, Marlas Skript hervorzuholen und es zu lesen. Es waren tagebuchähnliche Texte, die aus einer bestimmten Zeit in Marlas Leben stammten. Das, was ich dort las, überraschte und verwunderte mich zutiefst.

Meine Meinung zum Inhalt ihres Tagebuches sollte nicht relevant sein, obwohl ich glaube, dass ich die eine oder andere Stelle beim Schreiben durch meine Interpretationen verfälscht haben könnte. Ich hatte das Gefühl, dass ich die handschriftlichen Kritzeleien und Zeichnungen ordnen müsste. Ich sage „Kritzeleien", weil es nicht immer einfach war, Marlas Handschrift zu entziffern, und die Seiten teilweise durcheinandergeraten waren. Jedenfalls habe ich Marlas Tagebuch nach bestem Wissen und Gewissen aufgezeichnet und glaube, dass mir dies recht gut gelungen ist.

Als ich ein paar Tage nach der Fertigstellung der Abschrift Besuch von einer anderen Freundin bekam, ließ ich sie diese sehen. Als sie mit dem Lesen fertig war, hatte sie die überraschende Idee, dass Marlas Tagebuch veröffentlicht werden sollte. Es dauerte ein paar Tage, in denen ich hin und her überlegte, ob ich dem Vorschlag meiner Freundin folgen sollte. Doch ich erinnerte mich an Marlas Worte und hoffe, dass ich mit der Veröffentlichung in ihrem Sinne handele.

Notaufnahme

Ein Blick auf die Uhr sagte mir, dass es drei Minuten nach zwei mitten in der Nacht war. Das Klingeln des Telefons neben meinem Bett hatte mich aufgeweckt.

„Ja?", meldete ich mich mit noch verschlafen klingender Stimme.

„Entschuldige, dass ich dich wecken muss, Marla. Die Kreisleitstelle hat eben einen Rettungswagen angekündigt. Sie bringen einen circa Ende zwanzig Jahre alten Mann, den die Polizei in der U-Bahn aufgefunden hat. In zehn Minuten sind sie da", erklärte mir die Nachtschwester am anderen Ende der Leitung kurz.

„Okay, bin auf dem Weg", antwortete ich und begann, mich aus dem Bett zu schälen.

Mann, diese Nachtdienste schlauchen!, dachte ich und streckte mich, um etwas wacher zu werden.

Ich hatte gerade mal zwei Stunden seit der Aufnahme des letzten Patienten geschlafen. Schlaftrunken tappte ich durch das Bereitschaftszimmer und sammelte meine Klamotten zusammen.

Ein kurzer Blick in den Spiegel sagte mir, dass da nicht viel zu retten war. Ich sah aus wie eine lebende Leiche: tiefe Augenringe unter rot geäderten, matten Augen, eine mehr als vornehme Blässe und Haare, die wirr in alle Richtungen abstanden, hätten jeden Maskenbildner, der für Horrorfilme zuständig war, beeindruckt. Ich bändigte schnell meine Locken mit einem Gummiband und verließ das Bereitschaftszimmer.

Es lag im Erdgeschoss des psychiatrischen Nebengebäudes des Krankenhauses und war ein ehemaliges Patientenzimmer auf einer stillgelegten Station, eins, das nicht renoviert worden war und auch selten gereinigt wurde. Jedes Jugendherbergszimmer war wahrscheinlich gemütlicher als diese Höhle. Die Matratze war durchgelegen, überall hingen Spinnenweben mit ihren dazugehörigen Bewohnern, und der kleine Fernseher, den einer der Kollegen gespendet hatte, zeigte nur fünf Programme. Aber zum Fernsehen kam ich ohnehin nicht oft, und an ausreichenden Schlaf war auch in dieser Nacht nicht zu denken.

Ich beschloss, die Treppe zur Station zu nehmen, was trotz der Notwendigkeit, die Sicherheitstüren aufzuschließen, schneller gehen würde als der Fahrstuhl. Sobald die Tür hinter mir ins Schloss gefallen war, wartete ich ein paar Sekunden, bis ein Klacken mir versicherte, dass die Tür wieder verriegelt war. Dann lief ich die Stufen hinauf. Die Station befand sich im ersten Stockwerk, und die Benutzung der Treppe half meinem Kreislauf, noch etwas mehr in Schwung zu kommen.

Seit drei Jahren arbeitete ich nun als Assistenzärztin in der psychiatrischen Abteilung dieses Hauses. Die Arbeit machte mir Spaß – meistens jedenfalls. Natürlich bekam ich auch heftige Sachen und schwere Schicksale mit, und ich musste darauf achten, dass ich die Fähigkeit, abschalten zu können, behielt. Ein gesundes Maß von Nähe und Distanz zu den Patienten war notwendig für die eigene *Psychohygiene*, also das Wohl der eigenen Seele. Anderen gut zu helfen, funktionierte nur erfolgreich, wenn es mir selbst gut ging und ich nicht kraftlos war. Ich musste mich auf die Patienten einlassen können und durfte nicht zu sehr mit mir beschäftigt sein.

Bisher war es mir bei fast allen Patienten gelungen, eine sympathische Seite, die das Gefühl des Wohlwollens in mir weckte, an ihnen zu finden. Natürlich war dies nicht immer leicht, gerade wenn ein Patient in heftigen negativen Stimmungen steckte. Im Gespräch aber konnte ich hinter die Mauer aus Traurigkeit oder Wut blicken. Es kam mir häufig wie ein kleines Wunder vor, was allein meine Zuwendung und Gespräche bei einem Menschen bewirken konnten.

Aber es gab auch andere Momente, in denen es nicht möglich war, mit dem Patienten in Kontakt zu kommen, zum Beispiel, wenn er eine Gefahr für sich oder andere darstellte. Dann half kein gutes Zureden, sondern sofortiges Handeln war angesagt. Es kostete mich jedes Mal etwas Überwindung, notwendige Maßnahmen durchzuführen, die gegen den Willen des Patienten geschahen.

Szenen wie die, in der wir Polizeibeamte zur Hilfe rufen mussten, blieben im Kopf hängen. Einmal hatten wir einen alten Mann aufgenommen, der sich aufgrund seiner Verwirrtheit im Zweiten Weltkrieg wähnte. Der alte Mann hatte in uns junge Soldaten gesehen, die ihm nach dem Leben trachteten, und aus Leibeskräften um sein Leben gekämpft, wobei er das Mobiliar kurz und klein geschlagen hatte. Es tat mir leid, mit anzusehen, wie die Polizisten ihn schließlich überwältigten und wir ihn an sein Bett gurten mussten. Aber nach der Gabe eines Medikamentes war er wieder ruhiger geworden, der Wahn war verschwunden, und er hatte schon bald nach Hause entlassen werden können.

Gerade solche Situationen waren eben typisch für Nachtdienste, und es war nicht immer leicht, den Patienten mit Gelassenheit und Wohlwollen zu begegnen, wenn ich seit dem Morgen des Vortages auf den Beinen war und kaum geschlafen hatte.

Mir graute bei dem Gedanken, dass es demnächst verboten werden sollte, Patienten, selbst wenn sie wahnhaft und aggressiv waren, gegen ihren Willen Medikamente verabreichen zu dürfen. Wie sollten wir ihnen dann helfen können? Sie nur an ihr Bett zu schnallen, machte die Situation eher schlimmer. Natürlich gibt es ein Recht auf Krankheit, und jeder kann eine Erkrankung auch akzeptieren und sich gegen eine medizinische Behandlung entscheiden. Aber im Wahn waren die Patienten nicht sie selbst.

Einmal hatte ich eine Frau aufgenommen, die die wüstesten und vulgärsten Ausdrücke von sich gab und sich beständig zu entblößen versuchte. Ihr Mann war verzweifelt, hatte sie in seiner Not zu uns in die Klinik gebracht. Nachdem sie wieder klarer war, schämte sich die Patientin, die sich leider noch an alles erinnern konnte, so immens über das Geschehene.

Hier drinnen in den Räumen der Psychiatrie war es normal, verrückt zu sein. Aber draußen reagierten die Menschen mit Angst und Ablehnung, wenn eine brave Mutter von nebenan plötzlich schrie, dass sie es mit dem Teufel treibe. Da sagte sich der Nachbar sicher nicht: „Ach, die Gute, hat wohl zu viel Stress gehabt in letzter Zeit, da kann man ja mal rumschreien und sich Luft machen." Nein, die Reaktionen waren ganz anders und damit die Rückkehr in das alte Umfeld wie Spießrutenlaufen.

Medikamente waren daher eine gute Möglichkeit, schnell gegenzulenken, auch wenn sie die Ursache nicht beheben konnten. Aber sie halfen oft dabei, den Ursachen auf den Grund gehen zu können.

Bei mir und meinen Kollegen hier war ich sicher, dass Medikamente nur zum Wohle der Patienten eingesetzt wurden. Doch wie mir die folgenden Erlebnisse zeigten, würde ich bald umdenken müssen.

Was mich jetzt wieder erwartete, konnte ich nur mutmaßen. Ich musste es auf mich zukommen lassen, mich auf meine Erfahrungen, das Erlernte und mein Bauchgefühl verlassen.

„Ah, frisch wie der junge Morgen!", rief mir Nachtschwester Esther entgegen, als ich die Station durch die letzte Sicherheitstür betrat.

Mehr als ein schiefes Grinsen als Kommentar gab ich nicht von mir. Esther war eine rundliche Frohnatur und arbeitete im Gegensatz zu den anderen Kollegen und Kolleginnen gern im Nachtdienst. Sie schaffte es meistens, andere mit ihrer guten Laune anzustecken. Bei mir hatte sie im Moment noch keinen durchschlagenden Erfolg damit.

„Wer ist noch im Dienst?", fragte ich.

„Mira und Nadine", gab sie mir zur Antwort.

„Na prima, wieder nur Mädels! Hoffentlich ist der Patient wenigstens ruhig. Weißt du mehr? Ich meine, ist er irgendwie zugedröhnt mit Drogen oder Alkohol, oder ist er aggressiv?"

Ein wenig mehr Information vor dem Eintreffen des Patienten wäre hilfreich, dachte ich.

„Kann ich nicht sagen, der Typ von der Leitstelle war recht knapp am Telefon." Esther zuckte die Schultern.

Die physische Unterlegenheit von uns Frauen konnte nachteilig sein in Situationen, in denen wir im Dienst auf aggressive und körperlich überlegene Patienten trafen. Es gehörte schließlich nicht zur Grundausbildung einer Ärztin, sich in Selbstverteidigung zu üben. Manchmal nutzte jedoch genau diese augenscheinliche Schwäche des weiblichen Personals, um den aggressiven Patienten zu beschwichtigen: Wir erschienen schlichtweg weniger bedrohlich – was wir Frauen ja im Grunde meistens auch waren –, und das half den Patienten dann, sich zu entspannen.

Mehr als einmal hatte ich zu aufgebrachten Patienten einfach gesagt: „Wissen Sie, ich soll heute hier auf Sie aufpassen, denn das ist mein Job. Sie sind momentan total aufgebracht, und das macht uns und den anderen Patienten Angst. Ich kann Sie nur bitten, sich jetzt hinzulegen, und wir werden Sie dann eine Weile festschnallen müssen. Wir lassen Sie nicht allein, versprochen! Wenn Sie nicht kooperativ sind, können wir auch nichts machen, weil Sie einfach stärker sind, aber es wäre für alle Beteiligten besser, wenn Sie mitmachen würden."

Man denkt es nicht, aber es hat häufig geklappt, und die Patienten kamen dann selbst zur Ruhe.

Ich hatte aber auch schon Situationen erlebt, in denen es nicht funktionierte und in denen dann andere Patienten dem Personal zu Hilfe gekommen waren. Dies war zwar nicht im Sinne des Erfinders, zeigte aber, dass die Patienten uns vertrauten und wussten, dass wir auch manchmal unbequeme Wege gehen mussten, um helfen zu können. Außerdem hatte es ihnen sichtlich gutgetan, auch mal uns helfen zu können.

Der Fahrstuhl gab ratternde Laute von sich, und nach einer Weile ging die Tür auf. Zwei Sanitäter schoben eine Trage in den Eingangsbereich, dahinter folgten zwei Polizeibeamte. Esther öffnete die Sicherheitstür.

Erst einmal Informationen von der Situation in der U-Bahn einholen, bevor die Sanitäter gleich wieder weg sind!, dachte ich und trat ihnen zügig entgegen, denn Sanitäter hatten häufig die Angewohnheit, sofort zu verschwinden, sobald sie die Patienten abgeliefert hatten.

„Schönen guten Abend!", sagte der jüngere der beiden Sanitäter, den ich hier noch nicht gesehen hatte. Er wirkte engagiert und dynamisch und begann gleich pflichtbewusst seinen Rapport: „Wir haben hier einen Patienten, den Passanten in verwirrtem Zustand in der U-Bahn aufgefunden haben."

„U-Bahn, das heißt Hamburg!? Warum seid ihr nicht dort in die Psychiatrie gefahren?", beschwerte ich mich.

Die einzelnen Psychiatrien hatten klar umschriebene Einzugsgebiete, und wir waren gehalten, die Menschen aus unserem Sektor zu versorgen. Und der endete nun einmal vor den Toren Hamburgs. Am Morgen würde ich dem Chef wieder erklären müssen, warum ich einen Patienten aus einem anderen Sektor aufgenommen hatte. Und abgesehen davon war meine schöne Nachtruhe dahin und nicht die vom Hamburger Kollegen!

„Ihr seid näher dran, und wir sind so gerne bei euch – wegen des guten Kaffees!" Der ältere Sanitäter, der einen ruhigen und routinierten Eindruck machte, grinste mich an. Ich hatte ihn schon ein paar Mal hier gesehen.

Wie ich schon mehrfach festgestellt hatte, war die Kombination aus jung und dynamisch mit alt und erfahren beliebt, sowohl bei den Sanitätern als auch bei Polizeibeamten.

„Sehr witzig! Also gut. Ist er aggressiv?", erkundigte ich mich weiter.

„Na ja! Ein bisschen gewehrt hat er sich schon, und da er nicht gerade schmächtig ist, haben wir ihn lieber festgeschnallt", sagte einer der Polizeibeamten. „Er war ganz kooperativ, auch wenn er nicht viel redet."

Auch den Polizisten kannte ich von anderen Einsätzen hier im Krankenhaus. Er war immer sehr freundlich und korrekt anderen gegenüber, wusste aber auch, wann es Zeit war, zu handeln. Ich achtete die Arbeit der Polizisten sehr, denn sie waren es, die ihren Kopf hinhalten mussten, wenn es draußen brenzlig wurde. Und manchmal kamen sie uns ja auch hier im Krankenhaus zu Hilfe.

„Spricht er Deutsch?", fragte ich weiter und erhielt ein Kopfnicken des Beamten als Antwort.

Ich ging auf die Trage zu. Der Mann, der dort festgeschnallt war, blickte sich fragend um und drehte seinen Kopf zu mir, als ich ihn ansprach: „Hallo, mein Name ist Doktor Winter. Können Sie mich verstehen?"

Als ich in seine Augen schaute, fühlte ich mich mit einem Mal ganz ... seltsam. Er hatte strahlend grüne Augen, und ich hatte angesichts der Intensität, die in seinem Blick lag, das Gefühl, nichts vor ihm verbergen zu können. Das mag merkwürdig klingen, aber es war so. Unerklärlich auch für mich.

Er antwortete mit einer unglaublich wohlklingenden Stimme: „Ja, das kann ich."

Ich war irritiert von seinem Blick und seiner Stimme und musste die Augen kurz schließen. Dann bemühte ich mich, in sachlichem und professionellem Ton weiterzureden.

„Wissen Sie, wo Sie hier sind?"

„Nein, das ... weiß ich ... nicht", antwortete er langsam und etwas stockend.

„Haben Sie Schmerzen?", fragte ich weiter.

„Nein, da ist nur diese Kälte in mir."

„Okay, wir werden Sie jetzt losmachen. Werden Sie ruhig bleiben?", fragte ich ihn.

„Das werde ich. Ich denke, Sie sind gute Menschen."

Wenn das nur alle immer gleich so sehen würden, dann wäre vieles hier einfacher, ging mir durch den Kopf.

Die Sanitäter lösten die Gurte und empfahlen dem Mann, langsam aufzustehen, falls er

Kreislaufprobleme bekäme und ihm dann schwindelig werden könnte. Mira hatte zwischenzeitlich ein Bett gebracht und bat ihn, sich dort hineinzusetzen, was er auch widerspruchslos tat.

Froh, der Situation erst einmal ausweichen zu können, ging ich mit den Sanitätern ins Dienstzimmer. Dieser Patient irritierte mich aus mir unerklärlichen Gründen sehr, und ich musste mich erst mal zurückziehen und mich sammeln. In seiner Nähe fühlte ich mich unsicher wie ein kleines Mädchen. Er hatte nicht viel gesagt und getan, war sogar kooperativ, und trotzdem löste er diese Gefühle in mir aus. Es konnte nicht nur daran liegen, dass er verdammt gut aussah, denn das brachte meine Professionalität normalerweise nicht ins Wanken.

Ich bat die Sanitäter um mehr Informationen.

Der junge Dynamische berichtete sofort:

„Gegen ein Uhr fünfzehn hat ein Passant, der in der U-Bahn gewartet hat, ein starkes Flackern der Lichter an der Haltestelle bemerkt. Das Licht ist kurz ausgegangen, und dann ist dieser Typ vom anderen Ende der Haltestelle auf ihn zugekommen. Er sei komisch gelaufen, und als der Passant ihn angesprochen und gefragt hat, ob er Hilfe brauche, habe der nur ‚Wo bin ich?' gestammelt. Dann hat er sich so merkwürdig gekrümmt und nicht mehr auf weitere Ansprache reagiert."

Sein Kollege ergänzte: „Na, und dann hat der Passant den Notruf gewählt. Der hinzugekommene Notarzt hat entschieden, dass der Patient psychiatrisch aufgenommen werden muss, da die

Vitalparameter in Ordnung gewesen sind. Als der Patient sich auf die Trage legen sollte, hat er meinen Kollegen und mich weggeschubst. Die beiden Polizisten, die in der Nähe waren, überredeten ihn dann mit etwas Nachdruck, den Anweisungen zu folgen. Im Krankenwagen ist der Mann ganz ruhig geblieben, gekrampft hat er auch nicht."

Die Polizisten waren ebenfalls ins Dienstzimmer getreten und baten mich um eine Unterschrift für ihren Bericht.

„Wir werden doch nicht mehr gebraucht, oder?", meinte der Ältere von beiden.

Ich schüttelte den Kopf. Daraufhin verließen sie die Station in Richtung Fahrstuhl, während sich die Sanitäter ins Dienstzimmer setzten, nachdem Mira sie mit Kaffee versorgt hatte. Esther war beim Patienten geblieben, und Nadine stand etwas hilflos neben ihr. Sie war neu in der Psychiatrie, eine Lernschwester.

Ich war froh, dass die Sanitäter noch blieben, denn ich wusste nicht, wie der Patient weiterhin reagieren würde. Bisher lief es gut, aber ich behielt ihn die ganze Zeit im Auge, während ich schnell etwas in den PC eingab.

Der Mann war etwa ein Meter achtzig bis ein Meter fünfundachtzig groß, schlank, etwas muskulös und hatte dunkelblondes, ziemlich struppliges Haar, das ihm wirr ins Gesicht hing und ihm etwas Verwegenes verlieh. Ebenmäßige, fast aristokratische Gesichtszüge konnte ich erkennen, obwohl sein Gesicht momentan ziemlich verdreckt war.

Esther reichte ihm gerade ein Tuch und bot ihm etwas zu trinken an.

Ich war mit meinem Computereintrag fertig und musste mich wirklich überwinden, wieder zu ihnen hinauszugehen, denn ich befürchtete, mich in der Nähe des Patienten wieder so unsicher zu fühlen wie Minuten zuvor. Irgendwie ging es mir wie Nadine, die immer noch hilflos neben dem Bett stand und nicht so recht wusste, was sie machen sollte. Aber ich hatte keine Wahl: Dies war mein Job, und ich war im Gegensatz zu Nadine doch kein Neuling mehr! Da musste ich jetzt durch, und schließlich war der Mann doch bisher ganz umgänglich gewesen.

Ich atmete einmal tief durch und trat entschlossen in den Flur hinaus und an das Krankenbett. In gewohnt professionellem Tonfall sagte ich, wobei ich vermied, den Mann direkt anzuschauen: „Okay, wir schieben Sie jetzt erst einmal ins Zimmer. Legen Sie sich bitte hin!"

„Ich kann laufen!", antwortete er.

„Ich möchte Sie erst untersuchen, bevor Sie hier rumlaufen. Nicht, dass Sie uns zu Boden gehen", erklärte ich ihm.

Er blickte mich mit diesen unglaublich grünen Augen an, lächelte ein wenig und ließ sich auf das Bett sinken.

Und zack!: Herzklopfen, weiche Knie, Kloß im Hals. Und meine ärztliche Souveränität platzte wieder wie eine Seifenblase. So etwas hatte ich ja noch nie und schon gar nicht bei einem meiner Patienten erlebt. Ich war froh, nach dem Metallbügel des Bettes greifen zu können, so wackelig auf den Beinen fühlte ich mich.

Esther, Nadine und ich schoben den Patienten in das Überwachungszimmer gleich neben dem Stationszimmer. Während die beiden Krankenschwestern das Bett richteten, verließ ich das Zimmer sofort wieder, um mich draußen erneut zu sammeln. Ich räusperte mich mehrmals und versuchte, durch ruhige Atemzüge meine bedenklichen Symptome in den Griff zu bekommen.

Na toll, jetzt muss ich ihn auch noch untersuchen!, schoss es mir in den Kopf. Wenn ich so schon in seiner bloßen Gegenwart reagiere, wie soll das erst werden, wenn ich ihn bei der Untersuchung auch noch berühren muss?

Immer noch unsicher, infolgedessen auch unwillig, hole ich mein Stethoskop und kehre in den Überwachungsraum zurück.

Erik Sommer

„Würden Sie sich bitte Ihre Jacke und das Oberteil ausziehen", bat ich den Mann, der immer noch lieb und brav auf dem Bett saß und sich von Esther und Nadine umsorgen ließ.

Selbst Nadine war inzwischen lockerer geworden und richtete eben die Waschecke für ihn her.

Er folgte meinen Anweisungen, und als ich ihn mit dem Stethoskop abhorchte, konnte ich nicht anders, als zu bemerken, was für einen schönen Rücken er hatte, und dass auch der Rest seines Körpers sehr ansprechend aussah. Das verschlimmerte meinen Gefühlszustand nur noch, sogar meine Hände zitterten ein wenig, und ich musste mich neben dem Patienten auf das Bett setzen, was wir vom Krankenhauspersonal eigentlich nicht sollten. Aber meine Beine waren so zittrig, dass mir die Vorschriften egal waren.

Esther schien meine Gedanken zu lesen und grinste mich an.

Gott, wie peinlich, konzentrier dich!, ermahnte ich mich und begann, die Untersuchungsroutine abzuspulen. Es fanden sich keine pathologischen Auffälligkeiten, abgesehen von ein paar gut verheilten Narben am linken Arm und über der Brust.

„Woher kommen diese Narben?"

„Das weiß ich nicht", antwortete er mit einem leicht gequälten Gesichtsausdruck und betrachtete dabei die Narben genauer, so, als hätte er sie noch nie vorher gesehen. „Ich weiß noch gar nichts."

„Schon gut! Das wird schon."

Armer Kerl!, dachte ich, und es half mir, meinen Helferinstinkt in den Vordergrund treten zu lassen, sodass ich wieder sicherer wurde. Wobei ich ihm gerne zum Trost über diese Narben gestreichelt hätte. Stopp, reiß dich zusammen!, ermahnte ich mich, als meine Finger sich gerade zu der Narbe auf seinem Arm zubewegten.

Ich versuchte, diese irrwitzigen Gedanken zu vertreiben und sagte zu ihm: „Ich muss noch eine Aufnahme von Ihrem Kopf machen lassen. Kennen Sie ein CT?"

„Nein." Er blickte mich fragend an.

„Es ist wichtig. Vertrauen Sie uns. Ich komme mit, es ist nicht schlimm", versuchte ich, ihn zu beschwichtigen.

„In Ordnung." Der Unterton in seiner wohlklingenden Stimme klang leicht skeptisch.

„Blut abnehmen muss ich auch noch, okay?", fuhr ich fort und holte, ohne seine Antwort abzuwarten, das Equipment.

Als ich den Stauschlauch anlegte und mit der Nadel in Richtung Vene zielte, verfinsterte sich sein Gesichtsausdruck, und er zog abrupt den Arm weg.

„Was tun Sie da?", fuhr er mich barsch an.

„Kennen Sie auch keine Blutentnahmen?", fragte ich irritiert. „Ich möchte etwas von Ihrem Blut entnehmen, damit wir es untersuchen können."

„Okay", sagte mein Patient zögerlich und ließ mich dann doch gewähren, während er mich kritisch beobachtete.

Als das Blut pulsierend in die Spritze floss, meinte ich, ein kurzes Leuchten in der Flüssigkeit zu sehen. Nur ein kurzes Aufleuchten, dann sah die dunkelrote Flüssigkeit wieder ganz normal aus. Ich schüttelte leicht den Kopf.

Okay, typischer Fall von Übermüdung!, sagte ich mir und versuchte, dieser illusorischen Verkennung keine weitere Beachtung zu schenken.

„Das war's schon. Schlimm gewesen?", fragte ich stattdessen und kam mir ein bisschen so vor, als würde ich mit einem kleinen Jungen reden. Aber durch seinen Gedächtnisverlust wirkte der Patient auch ein wenig so.

Er grinste und flüsterte: „Nein."

„Ein CT tut nicht weh, Sie müssen gleich nur ein paar Minuten ganz still liegen, damit das Bild nicht verwackelt", erklärte ich weiter.

Er willigte ein.

Esther und die beiden Sanitäter, die ihren Kaffee mittlerweile ausgetrunken hatten, brachten ihn kurz darauf in die Röntgenabteilung. Ich notierte noch ein paar Befunde und war froh, mich wieder im Griff zu haben. Nach einer kleinen Weile machte ich mich auf den Weg zum Computertomographen.

Auf dem Weg ins Hauptgebäude, in dem die Röntgenabteilung lag, fiel plötzlich das Licht aus, aber durch die Scheiben des Glasgangs gelangte genug Helligkeit von außen herein, und ich setzte meinen Weg fort.

Hoffentlich gibt es auf der Intensivstation keine Probleme, und hoffentlich kommt kein Patient in unserer Abteilung auf die Idee, die Sicherheitstüren zu checken. Die funktionieren doch elektronisch!, dachte ich gerade, als das Licht auch schon wieder anging. Ich war erleichtert, und wenig später hatte ich bereits den Röntgenbereich erreicht.

Die Untersuchung schien bereits beendet zu sein, und ich schaute über die Schulter des Röntgenassistenten auf den Monitor.

„Gibt's Probleme?", fragte ich, denn es war nur ein einziges Bild zu sehen, das zudem verwackelt war.

„Keine Ahnung. Wir wollten gerade loslegen, da gab es Stromausfall, und jetzt krieg ich den Kasten nicht mehr in Gang. Ich fürchte, da muss die Technik erst einmal ran. Wenn du heute noch eine Aufnahme brauchst, musst du ihn wohl in ein anderes Haus bringen lassen", erklärte mir der Assistent.

„Es wäre gut, ein CT zur Sicherheit und Diagnosefindung zu haben, aber im Moment ist er ja stabil. Ich denke, es kann warten. Sagt bitte bei uns Bescheid, wenn das Gerät wieder funktionsfähig ist, okay?", bat ich ihn und ging zum Patienten in den Untersuchungsraum.

Ich teilte ihm mit, dass wir die Untersuchung leider verschieben müssten, da das Gerät nicht funktioniere, und fragte ihn: „Wir haben keine Papiere bei Ihnen gefunden. Wie Sie heißen, können Sie mir wohl im Moment nicht sagen, oder?"

Er schüttelte mit traurigem Blick den Kopf.

„Wie sollen wir Sie nennen, bis wir Ihren Namen herausgefunden haben?"

Er zuckte mit den Achseln.

„Soll ich einen Namen aussuchen?"

Er nickte. Ich dachte nach, blickte mich um und nahm ein Telefonbuch aus dem Regal im Nachbarraum. Es war komisch, dass es in dieser technologischen Abteilung tatsächlich noch Telefonbücher gab. Ich ließ die Seiten wie ein Daumenkino durch meine Hand gleiten und hielt dann wahllos einen Finger auf eine der Seiten.

Mit fragendem Tonfall las ich: „Erik?"

„Das gefällt mir", antwortete er.

Also Erik. Einen Moment wartete ich, ob er seine Entscheidung überdenken wollte, dann blätterte ich erneut und fragte etwas schmunzelnd: „Schmidt?"

„Zwei Namen?", fragte der Mann erstaunt, den ich jetzt Erik nennen sollte.

„Vor- und Nachname. Das ist so üblich", erklärte ich. „Aber Schmidt gefällt mir nicht, so heißen so viele Menschen."

„Sie heißen doch Winter, wie wäre es dann mit Sommer?", schlug Erik stattdessen vor.

Ich lächelte ein wenig verlegen und nickte.

„In Ordnung. Erik Sommer also", verkündete er mit seiner warmen Stimme, lächelte zurück, und mein Herz schlug wieder ein bisschen schneller, als es sollte.

Esther und ich brachten Erik, oder besser den Patienten Sommer, zurück auf die Station.

„Jetzt dürfen Sie aufstehen, aber vielleicht wollen Sie auch ein wenig schlafen? Sie sind hier in Sicherheit, meine Kolleginnen sind in der Nähe, falls Sie etwas brauchen. Und ich bin auch schnell da, falls notwendig. Morgen sehen wir weiter, Herr Sommer ", erklärte ich ihm.

„Danke, ... Doktor Winter. Doktor ist nicht Ihr Vorname, oder?", fragte er.

„Nein, das ist ein Titel." Wahrscheinlich wusste er auch nicht, was ein Titel war. Also sagte ich noch: „Mein Vorname ist Marla."

„Dann bis morgen, Marla!", sagte Erik, als sei es ganz selbstverständlich, seine Ärztin mit dem Vornamen anzureden.

Ich merkte, wie ich rot anlief, und drehte mich schnell um.

Wieso sag ich ihm auch meinen Vornamen?, ärgerte ich mich. Vielleicht hatte er nur meinen Vornamen erfahren wollen und gar nicht wirklich gedacht, dieser sei „Doktor".

Erik Sommer war nicht dumm. Trotz seiner Amnesie merkte ich, dass er schnell denken konnte und seine Sinne scharf waren. Tja, und scharf waren nicht nur seine Sinne!

Ich hatte mich bemüht, das nicht zu sehr an mich heranzulassen, hatte mich auf meinen Helferinstinkt konzentriert, aber die Frau in mir hatte unablässig seine Attraktivität gespürt. Jetzt setzte ich mich erschöpft an den PC, gab seinen vorläufigen Namen und die restlichen Informationen, die ich noch gesammelt hatte, ein und schaute Erik Sommers erste Laborergebnisse nach. Sie waren unauffällig, es gab keinen Hinweis auf eine bedeutende organische Erkrankung und auch nicht auf Drogen.

Nachdem ich den Schwestern einen ruhigen Dienst gewünscht hatte, ging ich zurück in mein Bereitschaftszimmer und legte mich wieder hin.

Das Patientenzimmer, in dem wir Erik Sommer einquartiert hatten, lag genau über meinem

Bereitschaftszimmer, in welchem ich hoffentlich den Rest der Nacht verbringen würde. Ich hörte von oben noch ein paar Schritte und ein wenig Stimmengemurmel. Nach einer kleinen Weile ging die Dusche im Badezimmer an, und ich ertappte mich, wie ich mir Eriks schönen Körper unbekleidet vorstellte.

Stopp, komm auf andere Gedanken!, ermahnte ich mich. So kann das doch nicht weitergehen. Der Patient braucht Hilfe, und ich habe andauernd solche Gedanken. Ich würde das auch nicht wollen, wenn ich die Patientin wäre!

Deshalb zwang ich mich, über die Diagnose nachzudenken, die ich Erik Sommer gestellt hatte: „Globale Amnesie", ein vorübergehender Gedächtnisverlust, der bis zu vierundzwanzig Stunden anhielt und dann wieder verschwand. Die Ursache dafür war noch nicht bis ins Detail erforscht, man ging von kurzzeitigen Durchblutungsstörungen im Gehirn aus, was jedoch nicht bewiesen werden konnte.

Bis auf den Gedächtnisverlust und dass ihm kalt ist, habe ich nichts Weiteres gefunden.

Also hoffte ich, dass es ihm am nächsten Morgen wieder gut gehen würde. Ich gähnte herzhaft und kuschelte mich so gut es ging in dem unbequemen Bett ein.

Die Krankenschwestern werden mir schon Bescheid geben, wenn sich Eriks Zustand verschlechtern sollte.

Die Dusche über mir war immer noch zu hören.

Natürlich hätte ich gern noch eine Aufnahme von seinem Gehirn gehabt, aber ihn jetzt deshalb wieder zu verlegen...Das würde nur zusätzlichen Stress für ihn bedeuten. Und er scheint momentan mit der Situation relativ gut klarzukommen.

Was für ein blöder Zufall, dass wir gerade jetzt Stromausfall haben mussten und unser CT verrücktgespielt hat, ärgerte ich mich.

Die Dusche wurde ausgestellt, und nach einer Weile war es ruhig. Ich stellte mir Erik noch kurz mit einem dieser Flügelhemden vor, die Patienten von uns erhielten, wenn sie keine Nachtkleidung dabeihatten, und schlief mit einem Lächeln auf den Lippen ein.

Ich verbrachte eine traumlose, ungestörte Restnacht und erwachte erst, als meine Kollegin Anja gegen sechs Uhr an die Tür klopfte.

„Aufwachen, Schlafmütze, Dienstablösung!", hörte ich sie rufen.

Anja war eine leicht überdrehte Mittzwanzigerin, die seit einem Jahr in unserem Team war. Sie war ganz nett, aber sie hatte die Eigenschaft, mit allem und jedem, gleich welchen Geschlechts, zu flirten. Selbst mich hatte sie im angetrunkenen Zustand auf einer Weihnachtsfeier schon mal angemacht. Daher hielt ich etwas Distanz zu ihr, denn befreundet wollte ich nicht unbedingt mit ihr sein.

In aller Eile zog ich mich an, räumte meinen Kram zusammen und berichtete Anja währenddessen, was während meines 24-Stunden-Dienstes alles geschehen war.

Sie entließ mich mit den Worten: „Spannend. Na, dann werd ich mal schauen, wie es diesem Erik

Sommer geht. Kannst los, Marla. Schönes Wochenende!"

Das ließ ich mir nicht zweimal sagen und verschwand mit den Worten „Ruhigen Dienst noch!" durch die Tür.

Auf dem Weg zum Auto überlegte ich, ob ich noch mal auf die Station gehen sollte, entschied mich aber stattdessen, dort anzurufen.

„Der Patient schläft noch", erhielt ich als Antwort. Er sei die Nacht über ruhig gewesen, berichtete mir die Schwester. Mehr wusste sie auch nicht.

Das Team hatte dort inzwischen ebenfalls gewechselt, und Esther, Mira und Nadine waren sicher schon zu Hause. Also würde ich bis Montagmorgen für weitere Informationen warten müssen.

Den restlichen Sonntag verbrachte ich damit, mit den Katzen meines Nachbarn, die bei mir ein- und ausgingen, zu spielen, meine kleine Wohnung aufzuräumen und ... an Erik Sommer zu denken. Und es waren nicht nur fachliche Fragen zum Patienten Sommer, die mich beschäftigten, sondern es waren auch Gedanken an die überaus attraktive Erscheinung Eriks, seine ausdrucksstarken grünen Augen und seine seltsame Wirkung auf mich, die mir im Kopf umherschwirrten.

Es passierte mir selten, dass ich nach dem Dienst an Patienten dachte. Normalerweise konnte ich gut abschalten, aber dieses Mal ...

Mir war danach, meine Freundin Melanie anzurufen, um mit ihr über Erik Sommer zu sprechen, aber ich unterlag der ärztlichen Schweigepflicht und durfte nicht mit ihr über Patienten reden, es sei denn, es wäre für ihre Behandlung relevant.

Es hätte mir sicher gutgetan, mich mit jemandem auszutauschen. Mit Melanie konnte ich meistens gut reden. Sie hörte zu und kam nicht mit übereiligen Lösungsvorschlägen. Und sie sagte mir auch unverblümt ihre ehrliche Meinung, auch wenn diese von meiner abwich oder mir nicht gefiel. Unbequeme Themen anzusprechen und andere Meinungen von sich zu geben, liegt nicht jedem, Melanie scheute dies aber nicht. Eine Freundschaft braucht Vertrauen, um direkt und ehrlich miteinander sein zu können, und da wir uns seit der Schulzeit kannten, hatte unsere Freundschaft diese Tiefe.

Melanie war es auch, die mich nach dem unerwarteten Tod meiner Eltern vor sieben Jahren aus meiner Depression geholt hatte.

Nachdem sie sich damals ein paar Wochen mein Dahinvegetieren angeschaut hatte, stand sie eines Tages wütend in meinem Zimmer, riss die Vorhänge auf, zog mir die Bettdecke weg und schnauzte mich an: „Verdammt noch mal, Marla! Ich schau mir das nicht länger an. Du machst dich kaputt, wirfst dein Leben weg. Deine Eltern waren so wunderbare Menschen, und ich mochte sie sehr gern. Es ist nicht fair, dass sie so früh gegangen sind. Und sie haben es nicht verdient, dass ihr einziges Kind vor die

Hunde geht. Reiß dich zusammen, Marla, und komm endlich wieder auf die Füße!"

Das hatte gesessen! Ich war schlagartig wach, auch wenn der Kopfschmerz, der ein Resultat der durchzechten Nacht war, mich zur Ruhe zwingen wollte. Ich saß kerzengerade im Bett und starrte Melanie an.

Gerade wollte ich etwas erwidern, da fuhr sie mir über den Mund.

„Nein, ich bin noch nicht fertig! Du hast Chancen und Möglichkeiten, die nicht jeder hat. Du hast ein prima Abi in der Tasche, stehst finanziell gut da, bist gesund. Aber alles, was du in letzter Zeit gemacht hast, ist, die Nacht zum Tag zu machen mit Saufen, Kiffen und damit, mit ominösen Typen abzuhängen. Wenn du so weitermachst, landest du echt in der Gosse. Marla, du bist meine Freundin, und ich kann das nicht geschehen lassen, also bitte …!"

Sie wurde etwas milder im Tonfall, und ich hatte Zeit nachzudenken.

Es waren etwa vier Monate vergangen, seit meine Tante mich im Urlaub angerufen hatte. Ich war nach dem Abitur mit einem Freund und mit einem Rucksack in Indien unterwegs und schaute mir Rajasthan, das „goldene Dreieck", an. Sie teilte mir schluchzend mit, dass ich schnell nach Hause kommen müsse. Meine Eltern hätten einen Autounfall gehabt und seien im Krankenhaus.

Ich nahm den nächsten Flug von Delhi nach Hause und stand nur einen Tag später vor dem Haus meiner Tante. Sie bat mich herein und berichtete mir unter Tränen, dass meine Eltern schon bei dem Unfall ums Leben gekommen seien. Sie hätte mir das am Telefon nicht sagen können.

Von da an schien alles wie im Film abzulaufen: Ich erinnerte mich nicht einmal mehr so richtig an die Beerdigung. Und dann hatte ich tatsächlich begonnen, mich zu betrinken und war ständig bekifft. Den Beginn meines Medizinstudiums verpasste ich, kümmerte mich nicht um Post und Rechnungen. Ich war immer mehr versackt und hatte gemeint, das müsste so sein, weil mir auf einen Schlag die beiden liebsten Menschen genommen worden waren. Da war kein Paps mehr, der mich „seine Prinzessin" nannte, und keine Ma, die für mich da war, egal, was ich tat.

Ich räusperte mich und schaute Melanie mit verquollenen Augen an. Und ich hatte gewusst, nur ich selbst konnte etwas ändern.

„Du hast ja recht. Ich bin in Selbstmitleid zerflossen und benehme mich wie ein Teenager, dessen Eltern nicht da sind. Und meine kommen eben nicht zurück und bringen mich zur Räson. Das muss ich allein hinbekommen!"

Das war der Tag, an dem ich schlagartig erwachsen geworden war.

Eigentlich ist man mit neunzehn Jahren offiziell erwachsen, biologisch aber erst mit einundzwanzig, und ich hätte die zwei Jahre noch gut gebraucht. Jetzt aber hieß es, sich alleine um Finanzen, Behörden und Makler zu kümmern.

Das schöne Haus, in dem wir die letzten zehn Jahre gemeinsam gelebt hatten, war für mich allein zu groß. Meine Eltern und ich hatten nie sehr an Dingen oder Gebäuden gehangen, deshalb konnte ich mich relativ leicht davon trennen. Aber sich darum zu kümmern, war eine Aufgabe, auf den mich die Schule nicht vorbereitet hatte.

Ein paar Dinge behielt ich dann doch: darunter einen alten Globus und einige Sachen, die mein Vater auf Auktionen erworben hatte und von denen er selbst nicht genau gewusst hatte, wozu sie gut waren. Er war Historiker gewesen und hatte sich vorgenommen gehabt, sich im Ruhestand mit diesen Gegenständen zu beschäftigen. Vielleicht würde ich das nun an seiner Stelle tun, überlegte ich mir.

Ich legte das Geld, das ich durch den Hausverkauf bekam, an und bezog eine Wohngemeinschaft in der Nähe der Uni. Ein Semester hatte ich leider in meiner wütenden Trauer, obwohl ich bereits eingeschrieben war, ungenutzt verstreichen lassen. Medizin war für mich ein sehr interessantes Fach und wunderbar strukturiert, sodass ich mein Studium trotzdem in der Regelstudienzeit abschließen konnte. Wenig später hatte ich meinen jetzigen Job und erwarb eine kleine Wohnung, die mein neues Zuhause wurde.

Und in dieser Wohnung stand ein Telefon, das ich nun immer wieder anstarrte. Ich überlegte, wenn ich schon nicht mit Melanie sprechen konnte, ob ich die Station noch mal anrufen sollte. Aber ich entschied mich dagegen: Das wäre sicher nicht gut, dachte ich, denn Esther war mein komisches Verhalten im Nachtdienst bestimmt aufgefallen.

Die merkte immer alles, und wenn ich ständig nur wegen Erik Sommer nachfragte, würden die

Schwestern bei ihren dreimal täglich stattfindenden Übergabegesprächen ein neues Thema haben, über das sie wild spekulieren könnten, und die Gerüchteküche würde schneller brodeln, als mir lieb war.

Im Krankenhaus blieb etwas nie lange geheim, und aus einem Funken wurde durch das Getratsche nicht selten ein loderndes Feuer.

Ich hatte das selbst schon erlebt: Mit einem meiner Kollegen hatte ich mich gut verstanden, wir hatten den gleichen Humor, und ich freute mich immer, wenn wir zusammen arbeiteten. Er war verheiratet, war gerade Vater geworden, damit war er für mich tabu. Umso verwunderter war ich, als mich mein Chef zur Seite nahm und fragte, was denn nun dran sei an den Gerüchten um die Affäre, die ich und der besagte Kollege haben sollten. Ich konnte das Gerücht zum Glück aus der Welt schaffen. Die Situation war aber sehr unangenehm gewesen, ich wäre damals am liebsten im Boden versunken, obwohl ich mir keiner Schuld bewusst gewesen war. Seither verhielt ich mich so neutral wie möglich und gab im Krankenhaus wenig von meinem Privatleben preis.

Trotzdem, irgendwas war sonderbar an dem Patienten, obwohl alle Werte normal waren und eine „Globale Amnesie" zwar selten war, besonders in seinem dafür jungen Alter, aber eben dennoch vorkam. Seine Augen, diese Stimme ..., es lag etwas ... Übernatürliches darin.

Geht's noch!, dachte ich im selben Moment. Etwas Übernatürliches! Sicher nicht!

Okay, nach einem Nachtdienst durfte man komisch sein, und dass ich mich gern mal in kranke Typen verknallte, zeigten meine Exfreunde allzu deutlich. Jedenfalls war es sogar vorgekommen, dass ich einen von ihnen ein paar Jahre nach Beendigung unserer Beziehung als Patienten in der Psychiatrie aufnehmen musste. Übrigens eine weitere brisante Situation, bei der es mir ebenfalls gelang, die Gerüchteküche kaltzustellen. Niemand bekam etwas davon mit, dass der Patient und ich uns einmal intensiver gekannt hatten. Aber in einen Patienten verknallen – das ging wirklich zu weit!

Zugegeben, Erik Sommer sah verdammt attraktiv aus, aber das war es nicht allein. Das konnte ich normalerweise gut wegblenden. Nein, er hatte etwas an sich, das viele (ich auch) als „innere Schönheit" bezeichnen würden. Und genau das hatte mich geradezu überwältigt, als er mich angesehen hatte.

Sein Blick aus diesen grünen Augen hatte so viel … Weisheit und Kraft ausgestrahlt (anders konnte ich es wirklich nicht nennen), dass ich mich klein und zerbrechlich und unsicher neben ihm gefühlt hatte. Dabei war er doch in der Situation der Hilflose gewesen – Ach, das passte einfach nicht zusammen!

Es half nichts: Es würde mir jetzt nicht gelingen, herauszufinden, warum ich so empfand, und so versuchte ich, meine Gedanken um Erik Sommer zu stoppen und mich abzulenken. Ich wandte dafür die Techniken an, die ich auch meinen Patienten beibrachte, wenn sie in unproduktiven Grübelschleifen festhingen.

Sobald ich merkte, dass meine Gedanken sich wieder auf die Themen des Nachtdienstes stürzen wollten, sagte ich mir innerlich: „Stopp! Das bringt jetzt nichts, ich werde ein anderes Mal darüber nachdenken." Dann suchte ich mir etwas, auf das ich meine Aufmerksamkeit stattdessen lenken konnte. Dies gelang mir zusehends besser, und eine DVD, die ich mir irgendwann einmal von Melanie geliehen hatte, brachte mich vollends auf andere Gedanken.

Ein neuer Kollege

Am Montag ging ich wie gewohnt meiner Arbeit nach, und da ich in der Woche nicht auf der Station arbeitete, auf der sich Erik Sommer befand, konnte ich ihm und meinen seltsamen Reaktionen auf ihn wunderbar aus dem Weg gehen.

Ein bisschen gemein fand ich das schon, weil ich ihm gesagt hatte, dass ich noch mal nach ihm schauen würde, und mich nun doch nicht mehr blicken ließ. Aber ich war überzeugt davon, dass sich meine Kollegen gut um ihn kümmerten, und wahrscheinlich erinnerte der Mann, um den meine Gedanken so viel mehr kreisten als sonst bei einem Patienten, sich gar nicht mehr an mich. Schließlich wusste ich, dass die meisten Amnesiepatienten hinterher eine bleibende Gedächtnislücke behielten. Ich nahm mir trotzdem vor, irgendwann einfach nachzufragen, wie der „Fall Erik Sommer" ausgegangen sei – rein aus medizinischem Interesse natürlich.

Während der Woche hatte ich mäßig viel zu tun in meiner Tagesklinik und war abends nicht zu müde, um Sport zu machen: Tanzen und Schwimmen waren mir dabei am liebsten. Ich bemühte mich immer, mich regelmäßig zu bewegen, schließlich predigte ich meinen Patienten auch ständig, wie wichtig Bewegung nicht nur für den Körper, sondern auch für die Psyche sei. Ich wollte mit gutem Beispiel vorangehen. Gleichmäßig zog ich an einem Abend im Hallenbad meine Bahnen, an einem anderen verausgabte ich mich beim Modern Jazz Dance.

Am Wochenende ging ich mit ein paar Freunden ins Kino und in ein neues Restaurant, das bei mir in der Nähe eröffnet hatte. Dadurch war ich abgelenkt und hatte für Grübeln wenig Zeit. Nicht einmal der Wunsch, mit meinen Freunden über meine merkwürdigen und unangebrachten Gefühle zu reden, war aufgekommen. Einfach ein bisschen rumalbern und den Job mal Job sein lassen, das war genau richtig für mich. Nur einmal dachte ich kurz: Wahrscheinlich geht es dem Patienten Sommer wieder gut und er ist bereits entlassen, wenn ich wieder zur Arbeit komme.

Das erholsame Wochenende war vorüber. Als ich am Montagmorgen wie gewohnt den Anrufbeantworter meiner Station in der Tagesklinik abhörte, vernahm ich Esthers Stimme.

„Hi, Marla, bitte ruf mich mal an! Es geht um den Patienten Erik Sommer. Ich mache mir Sorgen!"

Also war es doch nicht wie gehofft verlaufen! Er war noch da. Sollte ich mich in der Diagnose geirrt haben?

Unruhe erfasste mich. Hatte ich etwas falsch gemacht? Würde ich dem Patienten noch einmal gegenübertreten müssen und mich dabei wieder so unsicher fühlen? Aber wenn ich ganz ehrlich zu mir war, dann musste ich mir im gleichen Augenblick eingestehen, dass ich mich irgendwie auch darüber freute, vielleicht die Möglichkeit zu haben, ihn wiederzusehen!

Ich ging ins Nachbarzimmer, um in Ruhe auf Esthers Station anzurufen. Sie meldete sich sofort, als hätte sie die ganze Zeit am Telefon gewartet.

„Marla, es geht ihm nicht gut. Er hat nach dir gefragt, und …"

„Was ist los?", fiel ich ihr ins Wort.

„Wir haben leider nichts weiter über ihn herausgefunden, aber er fing an, etwas von einer wichtigen Aufgabe zu faseln, und wollte das Krankenhaus verlassen. Seit Montag haben wir hier einen neuen Arzt, der wurde ganz plötzlich eingestellt. Der hat ihn so mit Neuroleptika vollgepumpt, dass Erik wie ein Zombie über die Station schleicht und sabbert. Der Doc sagt nur: ‚Schwere paranoide Schizophrenie'. Wir mussten den Patienten fixieren, und der Arzt hat ihm die Spritze reingehauen. Erik scheint echt Angst vor ihm zu haben. Na ja, ist ja kein Wunder … Also, vorhin hat er irgendwas gestammelt, und ich glaub, er will dich sehen. Er tut mir so leid. Kannst du mal hochkommen? Die anderen sind gerade in einer Teambesprechung, würde also gut passen."

Sie hatte ohne Unterbrechung geredet, und ich überlegte kurz, ob ich von meiner Station wegkonnte und ob es überhaupt gut wäre, mich einzumischen.

Doch dann sagte ich nur: „Bin in ein paar Minuten da."

Als ich die Tür zur Station aufschloss, sah ich Erik Sommer über den Flur schleichen. Mit kleinen Schritten und hängendem Kopf tappte er ziellos durch die Gegend. Mein Herz erhielt einen kleinen Stich, denn er sah wirklich erbärmlich aus.

Esther saß hinter der Scheibe im Personalbereich und zeigte überflüssigerweise in seine Richtung. Ich nickte ihr zu, ging zu ihm herüber und sprach ihn an: „Herr Sommer, kennen Sie mich noch?"

Keine Reaktion. Ich versuchte, warum auch immer, die vertrautere Variante: „Erik, kennst du mich noch?"

Langsam drehte er sich um, und ich sah in seine völlig verhangenen Augen. Es wirkte, als wäre er ganz weit weg, doch plötzlich schien eine Erinnerung durch seinen trägen Geist zu huschen.

„Erinnere mich", nuschelte er.

Er hielt den Kopf schräg vorn übergebeugt und sah wie aus einem Zombiefilm entsprungen aus. Seine Haare hingen ihm wirr über die Stirn, sein Gesicht war blass. Sogar die Lippen sahen blutleer aus, und er hatte dunkle Augenränder. Als ich ihn ansah, dachte ich kurz, dass er definitiv ein hübscher Zombie wäre!

„Musst ... helfen, bitte!", stammelte er.

„Wie denn? Was kann ich tun?", fragte ich hilflos, weil ich nicht wusste, was er von mir erwartete.

„Der Arzt ist ... gefährlich für ... mich, muss hier ... weg."

Bevor ich nachfragen konnte, öffnete sich eine Tür, und die Kollegen strömten aus dem Zimmer. Offenbar war die Besprechung beendet.

Einen der Männer kannte ich nicht. Er war nur wenig größer als ich, so circa ein Meter fünfundsiebzig, aber ziemlich muskulös, und er hatte eine Glatze. Als er leicht lächelnd auf mich zukam, blickten mich seine Augen sehr wach, aber irgendwie auch mit einem verschlagenen Ausdruck an. Mein erster Gedanke war: Der ist unsympathisch. Er schien wie ich um die fünfundzwanzig, musste wohl auch noch in der Facharztausbildung sein. Während die Gruppe grüßend an mir vorbeiging, sprach er mich an, wobei ich erstaunt darüber war, dass er mich gleich einordnen konnte.

„Na, Frau Kollegin, war wohl nichts mit ‚Globaler Amnesie'. Der hat eine waschechte paranoide Schizophrenie. Aber ich werd ihm schon helfen. Mein Name ist übrigens Markus, ich bin neu hier, hab aber `ne Menge Erfahrung."

„Hallo, ich bin Marla. Ich arbeite unten in der Tagesklinik. Willkommen!", erwiderte ich und fand meinen ersten Eindruck von ihm bestätigt.

Was für ein Angeber!, dachte ich. Angeblich sind ja immer die ersten Minuten entscheidend, ob man jemanden sympathisch findet. Bei Markus wusste ich sofort, dass wir keine Freunde werden würden. Ein bisschen ärgerte ich mich auch darüber, dass ich mich doch in der Diagnose geirrt hatte. Das war mir lange nicht passiert, und ich war irritiert. Ein leichter Anflug von Selbstzweifeln wollte sich gerade auf den Weg machen, als Markus sich schon verabschiedete und im Stationszimmer verschwand.

Ich wandte mich wieder Erik zu.

Seine Augen wirkten jetzt etwas lebendiger und spiegelten eine Mischung aus Angst und Wut wider. Ich sah ihn traurig an und erklärte ihm, dass die Kollegen schon wüssten, was zu tun sei, und dass ich mich nicht einmischen könne.

„Ich habe morgen wieder Nachtdienst, und dann schaue ich noch mal nach Ihnen, Herr Sommer."

Er senkte seinen Blick, nickte kurz und schlich weiter über den Flur in Richtung Aufenthaltsraum, in dem er verschwand.

Ich ging zu Esther hinüber.

„Und?", fragte sie.

„Ich kann mich da schlecht einmischen, Esther. Er ist Markus' Patient! Aber es ist wirklich schlimm, ihn so zu sehen."

„Markus ist krass drauf! Wie der mit ihm umgesprungen ist! Das ist ja wie Psychiatrie von anno dazumal. Erik war nicht aggressiv, aber Markus hat ihn massiv gereizt und ihm dann gedroht. Das habe ich mitbekommen. Er sagte, er könnte dafür sorgen, dass er die Klinik für lange Zeit nicht verlassen könne. Und dann hat er uns gesagt, Erik Sommer sei eine Gefahr für das Personal, und hat ihn zwangsmedizieren und fixieren lassen. Als hätte er persönlich was gegen ihn. Ich weiß nicht, an wen ich mich wenden kann. Der Chef glaubt mir sicher nicht, dafür ist Markus zu gerissen. Kann man den Patienten nicht woandershin verlegen lassen? Du findest ihn doch auch irgendwie sympathisch. Klar, er hat 'nen Knall mit seiner ‚Ich-hab-'nen-Auftrag'-Psychose, aber so sollte man ihn nicht behandeln!", echauffierte sich Esther.

Innerlich stimmte ich ihr zu.

„Ich denke drüber nach, aber versprechen kann ich nichts", versuchte ich, Esther zu beschwichtigen, und verabschiedete mich schnell, um zurück in die Tagesklinik zu gehen, wo man sich sicher schon fragte, wo ich abgeblieben war.

Auf dem Weg dorthin begegnete mir ein seit Jahren bekannter Patient, der an einer chronischen Schizophrenie litt. Er gehörte irgendwie schon zum Inventar der Abteilung, da er lange und oft bei uns gewesen war. Er war ein ganz Netter, der manchmal wirre Sachen tat, aber keiner Fliege was zuleide tun konnte. Der Patient winkte mir zu.

„Hallo, Herr Sander, find ich prima, dass Sie wieder mithelfen in der Holzwerkstatt. Ohne Sie läuft das hier nicht so richtig."

Die Holzwerkstatt diente der Beschäftigung der Patienten, und Herr Sander leitete gern die anderen Patienten an, bastelte mit ihnen kleine Figuren aus Holz oder Weihnachtsdekoration. Er hatte ein Händchen dafür, und auf dem Basar, den wir gelegentlich veranstalteten, wurden die Sachen dann verkauft und das Geld für einen guten Zweck gespendet.

„Ich musste mal eine Auszeit haben, aber die Welt da draußen ist zu verrückt, da bin ich lieber hier drinnen", gab er zur Antwort.

Ich musste lächeln und erwiderte, dass er da wohl recht habe.

„He, Frau Doktor, kennen Sie den schon: Woran erkennt man, dass man Alzheimer-Bulimie hat?", fragte er mit einem verschmitzten Grinsen. Als ich ratlos mit den Schultern zuckte, gab er die Auflösung: „Man vergisst immer zu kotzen!"

„Oh ne, das ist eklig!", erwiderte ich und schmunzelte.

„Aber Sie haben gelacht, also ist er gut!", konterte Herr Sander.

„Ja, stimmt."

„Frau Doktor …?", setzte der Patient wieder an.

„Nicht noch einen fiesen Witz!", ermahnte ich ihn scherzhaft.

„Nein, nein. Ich wollte Ihnen nur sagen, der Neue oben auf Station … also, ich weiß ja, dass ich verrückt bin, aber der, der ist es nicht. Der kommt von weit her. Glauben Sie mir!", raunte er mir konspirativ zu.

„Wissen Sie, was: Ich werde dem nachgehen", beschwichtigte ich den Mann und erklärte, dass ich nun wieder in die Tagesklinik gehen müsse. Dann verabschiedete ich mich.

Auf dem Weg dachte ich, wie schade es war, dass Herr Sander immer noch wahnhaft war und es sich bei ihm und Erik wohl um eine „Folie á deux" handeln musste, eine Art ansteckende Psychose, bei der mehrere Patienten dem gleichen Wahn verfielen.

Ich wusste, Herr Sander war leicht zu beeinflussen. Man konnte eine Idee in seinen Kopf pflanzen, und diese wuchs wie von selbst weiter. Und ich hatte Erik wohl falsch beurteilt oder gar unterschätzt, wie sehr er andere manipulieren konnte. Er war ein intelligenter Mensch, aber sehr krank, und das war eine gefährliche Kombination. Er war offenbar faszinierend für Mitpatienten, aber auch für das Personal.

Selbst Esther hatte nicht mehr die notwendige Distanz, wie mir aufgefallen war, denn sie nannte ihn beim Vornamen, wenn sie über ihn sprach. Und auch für mich war er nicht mehr der Patient Sommer, sondern Erik. Ich ärgerte mich über mich selbst und fühlte mich, als wäre ich auf ihn „reingefallen".

Wie hatte ich mich so täuschen lassen können? Nur weil Erik einen schönen Körper und eine besondere Ausstrahlung hatte, verlor ich meine Objektivität und Professionalität?

Zurück in der Tagesklinik griff ich zum Telefon und wählte die Nummer des Stationsarztes der geschlossenen Abteilung.

„Köhler am Apparat", hörte ich gleich.

„Markus? Sind Sie es? Ich meine, bist du es? Marla Winter von der Tagesklinik", erklärte ich mich.

„Hallo, Marla, was gibt es?", fragte er freundlich.

„Ich wollte dir nur mitteilen, dass es vielleicht besser ist, wenn der Patient Sommer nicht so viel Kontakt mit Herrn Sander hat. Der wird auch schon ganz wuschig, und er hatte sich doch schon so gut gefangen. Scheint eine ‚Folie á deux' zu sein", verriet ich Markus meine Überlegungen.

„Danke für den Hinweis! Ich werd drauf achten, dass der Sommer nicht zu viel Unheil hier anrichtet. Er ist jetzt im Einzelzimmer, und das scheint besser zu sein. Vielleicht sehen wir uns nachher beim Essen in der Kantine? Dann können wir ein bisschen plaudern. Muss jetzt erst mal weitermachen. Bis nachher?", fragte er, und ich sagte, dass ich um halb eins oben in der Kantine sein würde.

Eigentlich schien Markus doch ganz nett zu sein. Vielleicht war der erste Eindruck doch falsch gewesen und vielleicht tat er nur das, was in Eriks Fall nötig war. Auch ich musste schließlich manchmal unliebsame Entscheidungen treffen. Ich war überzeugt, Esther ließ sich von Erik beeinflussen wie ich zuvor auch. Damit musste jetzt Schluss sein!

Als ich etwas verspätet mit einem Tablett in der Hand in den Wintergarten der Kantine hinaustrat, saßen meine Kollegen schon an einem Tisch und lachten gerade herzhaft. Markus winkte mich herbei und wies mich darauf hin, dass ihm gegenüber noch ein Platz für mich frei sei. Ich grüßte alle und setzte mich.

„Markus hat gerade ein paar Anekdoten über seine Tätigkeit in der Klinik in Chicago zum Besten gegeben!", führte mich Anja in das gemeinsame Gespräch ein.

„Chicago! Wow! Was hat dich denn aus einer Weltstadt in unser verschlafenes Städtchen geführt?", wollte ich von Markus erfahren.

„Ich stamme aus Hamburg, und da es meinem Vater nicht so gut geht, habe ich beschlossen, in seine Nähe zurückzuziehen. Es ist nicht klar, wie lange er noch hat, und da wollte ich die Zeit nutzen und bei ihm sein."

„Oh, wie süß von dir", himmelte Anja ihn an.

Ich mochte Anja, aber ihre Eigenschaft, sich an alle halbwegs attraktiven Männer heranzumachen, ging mir gerade mal wieder auf die Nerven.

Anja fragte Markus noch ein bisschen weiter aus, aber ich klinkte mich aus dem Gespräch aus, genoss meine Mahlzeit und plauderte ein wenig mit meiner Tischnachbarin, einer netten Kollegin aus der inneren Abteilung.

Irgendwann hörte ich, wie Anja Markus neugierig fragte: „Ist deine Frau denn nicht mit nach Hamburg gezogen?"

Ich blickte kurz zu den beiden hin.

„Da der Platz an meiner Seite derzeit nicht vergeben ist, war dies keine Frage", gab Markus bereitwillig Auskunft.

„Tatsächlich? Erstaunlich, dass sooo ein interessanter Mann noch nicht in Ketten gelegt wurde", flirtete Anja ungeniert weiter.

Markus lachte auf. „Du kennst ja meine dunklen Geheimnisse noch nicht, liebe Anja. Wir Psychiater haben doch alle das eine oder andere, nicht wahr? Was für Geheimnisse hast du, Marla?", wandte Markus sich plötzlich an mich.

Ich zuckte etwas zusammen, legte dann aber mein Besteck zur Seite und sah ihn an.

„Ich, äh, ich hab keine Geheimnisse. Ich bin wahrscheinlich der gewöhnlichste und am einfachsten zu durchschauende Mensch auf diesem Planeten. Und wenn ich Geheimnisse hätte", konterte ich, nachdem ich meine Irritation überwunden hatte, „würde ich sie eher nicht in dieser Runde preisgeben. Nichts für ungut, liebe Kollegen."

„Ja, ja, stille Wasser sind tief!", sinnierte Markus, und ein Kollege aus der chirurgischen Abteilung, der unser Gespräch offenbar belauscht hatte, ergänzte vom Nachbartisch aus laut: „Und verdammt dreckig!", woraufhin alle Männer in ein machohaftes Lachen verfielen.

Ist ja klar, dass die Bemerkung aus der chirurgischen Ecke kommt, dachte ich, weil ich von den Chirurgen nichts anderes gewohnt war.

Und wie zur Bestätigung ergänzte der Kollege: „Apropos dreckig: Hab `nen neuen Witz …"

Zum Glück klingelte mein Telefon im richtigen Moment, und ich sprang auf.

„Leute, sorry, ich muss wieder runter, wir sehen uns später!"

Ich hatte ohnehin keine Lust auf die schlüpfrigen Witze der Chirurgen. In meiner Studentenzeit hatte ich genug davon am OP-Tisch gehört und war nur jedes Mal froh gewesen, dass die Patienten in tiefer Narkose lagen und den verbalen Müll nicht hatten mit anhören müssen.

Ich dachte noch ein wenig über Markus nach, den ich nur schlecht einschätzen konnte. Er wirkte irgendwie zu glatt, und die Geschichte von dem kranken Vater kam auch ein bisschen seltsam rüber. Ich empfand ein leichtes Bedauern für Anja, denn irgendwie schien Markus nicht so recht anbeißen zu wollen. Dabei flirtete sie, was das Zeug hielt. Na, mal sehen, ob sie doch noch Erfolg haben würde.

Ich ging meiner Arbeit nach und ertappte mich, dass ich öfter als sonst in den Hof schaute. Es gab dort einen kleinen Innenhof, in den die Patienten, wenn sie gerichtlich untergebracht worden waren, in Begleitung gehen durften. Und tatsächlich, irgendwann sah ich Erik dort in Begleitung Miras, die mal wieder eine Zigarette im Mund hatte.

Er wirkte abwesend und sah sich müde die Bäume an. Aber dann drehte er sich zu meinem Fenster um und schien mich erstaunlich wach und durchdringend anzuschauen.

Ein Schauer lief mir über den Rücken, und ich trat schnell vom Fenster weg. Konnte er mich gesehen haben? Irgendwie fühlte ich mich ertappt. Aber der Hof war weit weg, und ich stand hinter einer Gardine! Ich wartete eine Weile, dann riskierte ich noch einen vorsichtigen Blick, aber der Hof war wieder leer.

Der Patient Sommer war wirklich unheimlich, und immer wieder schaffte er es, meine Aufmerksamkeit auf sich zu ziehen. Ich nahm mir meine Akten vor und begann zur Ablenkung mit der Visite meiner Patienten, für die ich verantwortlich war.

Fluchtplan

Als ich am nächsten Abend zum Nachtdienst auf die geschlossene Station kam, hatte ich ein ungutes Gefühl. Prompt teilte mir ein Krankenpfleger mit, dass der Patient Sommer seine Spritze noch nicht erhalten habe und ich sie ihm geben müsste.

Ausgerechnet ich!, dachte ich und erklärte ihm, dass ich erst einmal nach dem Patienten schauen würde.

Erik war an Hand- und Fußgelenken sowie durch einen Beckengurt an sein Bett fixiert, schaute mich aber deutlich wacher an als bei unserem letzten Zusammentreffen im Krankenhausflur.

„Hallo", sagte ich etwas verhalten, weil mir die Situation unangenehm war, worüber ich mich gleich ärgerte. *Verdammt! Er ist nur ein Patient und ich Ärztin!* Ich räusperte mich und fragte: „Wie geht es Ihnen?"

„Wacher", entgegnete er knapp und blickte mich an.

„Das liegt daran, dass das Medikament nachlässt." Ich machte eine kurze Pause. „Es ... tut mir so leid, aber ich muss es Ihnen gleich erneut verabreichen." Sicher war Erik froh, dass die Wirkung nachgelassen hatte, und ich rechnete damit, dass er sich weigern würde, erneut eine Spritze verabreicht zu bekommen. Aber ich hatte meine Dienstanordnung, der ich Folge leisten sollte.

„Bitte nicht! Ich muss hier weg!", flehte er mit einem unglaublich intensiven Ausdruck in den

Augen. „Es ist wichtig, nicht nur für mich. Ich weiß, es ist schwer zu glauben, aber …"

In diesem Moment klingelte mein Diensttelefon.

„Einen Moment, bitte", unterbrach ich ihn und nahm das Telefonat an. Die Notaufnahme brauchte mich unten: ein randalierender Alkoholiker.

„Wir reden gleich weiter, ich muss erst noch zu einem anderen Patienten", sagte ich knapp und war froh, dieser Situation vorerst ausweichen zu können.

Im Eilschritt ging ich zur Notaufnahmestation und war im Gedanken bei dem, was mich erwarten könnte. Zum Glück war die Situation weniger dramatisch als beschrieben. Ein wenig „Talk-down", ein „beruhigendes-auf-den-Patienten-Einreden", sowie die Aussicht auf eine Nacht Ausnüchterung in einem weichen Bett anstelle einer Parkbank und Medikamente gegen den Entzug überzeugten den Mann. Ich überließ den Kollegen der Aufnahmestation den Rest und ging danach gleich zurück auf die psychiatrische Station.

Mira fing mich ab. „Du musst Erik das Medikament nicht mehr verabreichen. Markus ist gerade bei ihm und erledigt das."

Markus! Was macht der hier abends auf Station, ich hab doch Dienst!, schoss es mir durch den Kopf.

Ich fand es übertrieben von ihm, hier nachts ungefragt aufzukreuzen, schließlich war Markus nicht Oberarzt oder Chefarzt. Die schauten gern mal nach dem Rechten, schließlich hatten sie ja auch die Verantwortung. Bei mir allerdings taten sie dies nur noch sehr selten. Sie waren wohl der Meinung, dass ich inzwischen genug Erfahrung hatte, um allein klarzukommen.

In leicht genervter Stimmung ging ich zu Eriks Zimmer. Die Tür war nur angelehnt. Als ich eintreten wollte, zögerte ich.

Ich hörte Markus' Stimme: „… kannst du vergessen", raunte er jemandem zu, und dieser Jemand konnte nur der Patient sein. „Ich lass dich hier nicht weg, bevor wir aus dir herausgebracht haben, was wir wissen wollen! Ich geh bis zum Äußersten!"

„Von mir erfahrt ihr nichts!", hörte ich Erik antworten.

„Dann …"

Weiteres konnte ich nicht mehr verstehen, denn Mira rief dazwischen, dass ich zu ihr ins Dienstzimmer kommen sollte. Irritiert über dieses merkwürdige Gespräch zwischen Arzt und Patient, stolperte ich zu ihr.

Sie fragte mich etwas zu dem alkoholisierten Patienten aus der Notaufnahme, denn dieser sollte bei uns aufgenommen werden. Ich antwortete ihr knapp. Meine Gedanken waren jedoch woanders und rasten so, dass ich mich kaum auf ihre Worte konzentrieren konnte.

Nachdem Mira die Information erhalten hatte, die sie brauchte, ging sie ihren weiteren Aufgaben nach. Ich nahm mir die Akten vor und begann, nach Eriks zu suchen. Dabei wusste ich gar nicht genau, wonach ich suchen sollte. Ich wollte nur irgendwelche Information finden, die mir weiterhelfen konnten. Gerade als ich seine Krankenakte aufschlug, legte sich eine Hand auf meine Schulter, und ich zuckte zusammen. *Markus!*

„Na, Kollegin, so schreckhaft? Brauchst nicht mehr in die 206. Ich hab's ihm eben verabreicht. Der schläft jetzt selig! Ich war gerade in der Nähe und dachte, ich komm noch mal rum und schau nach meinen Schützlingen. Mira sagte, du hättest in der Notaufnahme zu tun, und da dachte ich, ich unterstütz dich hier auf Station."

„Aha ... ach so", stammelte ich.

„Ein schlichtes Dankeschön wäre auch okay", lachte er mir entgegen. „Wirkst ein bisschen gestresst. Wünsch dir eine ruhige Nacht. Ich fahr wieder los."

„Äh ... ja, danke, bis dann", versuchte ich, so neutral wie möglich zu antworten.

Er verschwand in Richtung Fahrstuhl, und ich hatte das übermächtige Gefühl, mich setzen zu müssen. Irgendwie kam ich mir wie überrumpelt vor. Erst noch mal zu Erik, bevor das Medikament wirkt!, raste es mir durch den Kopf.

Er hatte die Augen geschlossen, und ich rüttelte an seinem Arm. „Herr Sommer ... Erik", flüsterte ich.

Er öffnete die Augen, war noch nicht ganz weggetreten.

„Was hat Markus eben gemeint? Ich habe euch belauscht!", fragte ich energisch nach.

„Das kann ich dir nicht sagen. Aber wenn du mir nicht hilfst, werden viele leiden", flüsterte er. Seine Worte wurden undeutlicher, sein Blick verhangener. Die Wirkung des Sedativums setzte sein.

„Verdammt! Mir reicht's!", rief ich etwas zu laut und stürmte aus dem Zimmer, als Erik nicht mehr auf mich reagierte.

„Was ist los?", fragte Mira besorgt.

„Herr Sommer sieht so kreislaufinstabil aus, ich werde mal eben den Blutzucker und den Druck messen."

Was für ein Quatsch! Aber jetzt musste ich das auch tun.

Ich holte das Messgerät und ging wieder in Zimmer 206 zurück. Erik schien zu schlafen. Ich legte alles zurecht und stach ihm mit einer Lanzette in einen Finger. Und erschrak.

Da, wo ich rotes Blut erwartet hatte, quoll ein Tropfen einer fluoreszierenden Flüssigkeit heraus. Das Leuchten verschwand gleich wieder, aber diesmal war ich mir sicher, dass ich es mir nicht eingebildet hatte. Zweimal die gleiche Illusion war unwahrscheinlich, und im Moment fühlte ich mich fit und klar im Kopf.

„Was um Himmels willen bist du?", sagte ich mehr zu mir als zu dem Patienten, denn der war immer noch weit weg.

Ich drückte noch einmal auf die Einstichstelle am Finger, und wieder leuchtete das Blut kurz auf und sah dann wieder normal aus. Es war reproduzierbar, und es war real, jedenfalls für mich! Und dann war da noch die Sache mit Markus: Dass er sonderbar war, war eine Sache, aber dass er Patienten bedrohte, ging zu weit.

Mira trat ins Zimmer.

„Alles in Ordnung, der Blutzuckerwert liegt bei fünfundneunzig, und er schläft jetzt ruhig", sagte ich schnell. Ich sammelte das Gerät ein und ging aus dem Zimmer.

Mira brauchte mich vorerst nicht mehr auf Station, denn der Patient aus der Notaufnahme sollte nun doch auf einer internistischen Station aufgenommen werden und nicht zu uns kommen.

Ich ging in mein Bereitschaftszimmer und setzte mich auf das Bett. Ich musste nachdenken. Meine Beine zitterten, und die Gedanken überschlugen sich.

Also entweder wurde ich verrückt – was passieren konnte, wenn man zu lang in der Psychiatrie arbeitete –, oder es ging hier wirklich etwas vor sich, was nicht alltäglich war, nicht mal hier in der Klinik.

Ich überlegte und grübelte, versuchte eine rationale Erklärung für alles zu finden, fand aber keine. Aber tief in mir meldete sich lautstark ein Gefühl und sagte mit wachsender Bestimmtheit, dass ich Erik helfen müsste. So oder so, er musste hier weg.

Aber wie?

Nach einer gefühlten Ewigkeit war ein gangbarer Plan gereift. Und diesen musste ich noch heute Nacht umsetzen. Mein Urlaub stand an, und ich würde lange keinen Nachtdienst mehr haben, also außerhalb des Wirkungskreises der Station, auf der Erik sich befand, sein.

Entschlossen griff ich zu meinem Telefon und wählte die Nummer eines befreundeten Kollegen in der Hamburger Nachbarklinik, ohne zu überlegen, ob er überhaupt um diese Zeit unter dieser Nummer erreichbar sein würde. Ich hatte Glück.

„Hi, Marla!", meldete sich Oliver. „Schön, mal was von dir zu hören. Was machst du?"

„Also momentan habe ich Nachtdienst …"

Er fiel mir ins Wort: „Da sind wir ja Leidensgenossen, ich auch!"

Perfekt!, dachte ich. Wir plauderten kurz, machten ein wenig Small Talk, der uns auf den aktuellen Stand unser beider Leben brachte. Dann berichtete ich ihm von meinem Patienten Sommer, versuchte, alles so dringend und authentisch wie möglich darzustellen. Ich bat um Verlegung in sein Krankenhaus.

„Noch heute Nacht?", fragte mein Kollege verwundert.

„Geht morgen früh? Ihr habt doch ein MRT, und es geht ihm wirklich nicht gut. Wir müssten ihn ohnehin zeitnah in ein anderes Krankenhaus schaffen, um eine vernünftige Bildgebung von seinem Kopf zu bekommen. Unser CT ist defekt, und euer MRT ist viel aussagekräftiger", erklärte ich.

„Du weißt aber schon, dass dein Patient mit einem Gerichtsbeschluss gar nicht in ein Krankenhaus jenseits der Bundesländergrenze verlegt werden kann?"

Darauf war ich natürlich vorbereitet. „Mach dir keine Sorgen, Oliver, ich werde ihn begleiten, sobald meine Kollegin mich hier abgelöst hat. Ich kümmere mich auch um den Papierkram."

Ich redete, überredete ihn, und schließlich willigte er ein und bestätigte, dass uns sein Team gegen halb neun am nächsten Morgen erwarten würde. Ich bedankte mich und legte erleichtert auf.

Jetzt aber kam der heikelste Teil des Planes: Ich musste Erik unbemerkt ein Medikament verabreichen, das ihm den Kreislauf wegsacken ließ, ohne ihn wirklich zu gefährden.

Ich wartete eine Weile, dann schlich ich in sein Zimmer und setzte meinen Plan fort. So etwas hatte ich noch nie getan. Mein Herz klopfte, und meine Hände zitterten ein wenig. Ich wollte nicht erwischt werden, denn eine gute Erklärung für die Manipulation an Erik hatte ich gerade nicht parat.

Nachdem ich ihm das Medikament verabreicht hatte, dauerte es ein paar Minuten. Dann wurde Erik blass, und sein Puls ging schnell und hart. Ich rief Claudia, eine Schwester, die heute zusammen mit Mira Dienst hatte, und wies auf Eriks Zustand hin. Der Blutdruck sei völlig im Keller, und es bestehe akuter Handlungsbedarf. Ich faselte irgendwas Neurologisches und machte ihr klar, dass er sofort ins MRT müsse, um die längst überfällige Aufnahme machen zu lassen.

Von psychiatrischer Seite aus konnte ich Claudia nichts vormachen, auch sie war eine auf diesem Gebiet erfahrene Schwester und geschult genug, um mich zu durchschauen, aber die neurologischen Begriffe beeindruckten sie ausreichend. Ich tat so, als würde ich mit einem anderen Krankenhaus telefonieren und meldete der Schwester zurück, dass sie die Papiere für die Verlegung klarmachen sollte. Ein Internist würde hier nicht gebraucht, denn Herr Sommer wäre stabil genug für eine Verlegung, und ich würde ihn ja begleiten.

Als ich wieder an Eriks Bett stand, flüsterte ich ihm zu: „Ich weiß nicht, ob Sie mich hören können. Ich bringe Sie hier weg, in ein anderes Krankenhaus, dann sehen wir weiter."

Ich meinte, zu bemerken, dass seine Gesichtszüge sich entspannten, und verließ ihn. Ich atmete einmal tief durch, und ein wenig Anspannung fiel von mir ab. Kurz kam noch mal Zweifel auf, ob es richtig war, was ich hier tat. Aber dann hörte ich in mir noch einmal Eriks Stimme, wie er mich um Hilfe angefleht hatte, und Markus' grausam klingende Worte, als er den Wehrlosen bedroht hatte. Nein, es war richtig, was ich hier tat.

Hoffentlich ist meine Ablösung da, bevor Markus hier eintrifft, dachte ich.

Ich starrte immer wieder auf die Uhr. Schlaf fand ich in dieser Nacht nicht mehr, denn ich blieb an Eriks Bett sitzen und beobachtete ihn. Zum einen, weil ich Angst hatte, ihm mit dem Medikament geschadet zu haben, und zum anderen, weil ich mich in seiner Nähe tatsächlich wohlfühlte.

Die Kollegin kam pünktlich, und ich berichtete ihr in aller Kürze, was sich in meinem Dienst ereignet hatte. Dann kümmerte ich mich um den Transport und schob die Gedanken daran, was für ein waghalsiges Unternehmen ich hier angezettelt hatte, so gut es ging, beiseite.

Entführt

Wir waren seit ungefähr fünfzehn Minuten auf der Autobahn unterwegs, der Fahrer vorne und der zweite Sanitäter, Erik und ich hinten im Krankentransporter. Der Sanitäter schaute entspannt nach draußen. Eriks Werte waren zwar nicht optimal, hatten sich aber stabilisiert. Außerdem war ich, eine Ärztin, dabei, die die Verantwortung trug, also hatte er nichts zu tun, als da zu sein.

Meine Gedanken beschäftigten sich gerade mit der Frage, ob ich mit all dem durchkommen könnte, meinen Job oder die Zulassung als Ärztin verlieren würde oder im schlimmsten Fall rechtlich belangt würde wegen „Gefangenenbefreiung" oder wie immer der juristische Begriff für meine Tat sein könnte. Denn Erik war aufgrund eines gerichtlichen Unterbringungsbeschlusses momentan keine freie Person, und ich bewegte mich mit ihm am Rande der Legalität.

Da stoppte der Wagen unerwartet, und der Sanitäter neben mir rief: „Was ist los, Thomas? Du fährst wie ein Henker!"

„Keine Ahnung, da staut sich alles, und die Kollegen haben mächtig viel Partybeleuchtung eingeschaltet!", antwortete unser Fahrer Thomas.

Partybeleuchtung hieß Blaulicht, und Blaulicht auf der Autobahn bedeutete ziemlich sicher einen Unfall.

„Hey, Doc, sollen wir mal nachsehen, ob wir hier weiterkönnen oder umdrehen müssen? Vielleicht brauchen die da vorn auch Unterstützung?", fragte der andere Sanitäter.

Typisch Sani, dachte ich. Das da vorne war sicher spannender, als Erik und mich durch die Gegend zu fahren.

„Habt ihr nichts über Funk gehört?", rief ich.

Als Thomas das verneinte, sagte ich: „Dann geht mal kurz nachschauen. Ich kümmere mich inzwischen um den Patienten. Aber bitte beeilt euch, wir haben einen Termin einzuhalten."

Die beiden kletterten aus dem Fahrzeug und trabten im Laufschritt den Lichtern entgegen. Da auch ich gegen meine Neugier nicht ankam, rutschte ich zur Fahrerkabine vor und schaute durch die Frontscheibe. Draußen heulte eine Sirene, ein anderer Rettungswagen kam die Rettungsgasse entlang.

Es waren sicher keine drei Minuten vergangen, als ich eine Stimme direkt neben meinem Ohr vernahm und gleich darauf etwas Metallisches neben meiner Schulter aufblitzen sah.

„Beweg dich nicht und fang nicht an, zu schreien!", raunte mir Erik zu.

Wieso ist er wach? Wie hat er so unbemerkt von der Krankentrage aufstehen können? Er ist doch angeschnallt gewesen!

Seine Worte ließen mir eine Gänsehaut über den Rücken laufen, und mein Herz begann, wie wild zu schlagen.

„Herr Sommer, was … um Himmels willen … soll das?", stammelte ich.

„Ich will dir nichts tun, Marla, aber wir müssen weg hier. Er würde mich auch in dem anderen Krankenhaus rasch ausfindig machen. Ich halte ein Skalpell in der rechten Hand, und du tust jetzt genau das, was ich sage. Dann geschieht dir nichts", instruierte er mich.

Dann geschieht dir nichts!, durchfuhr es mich. Er nimmt mich als Geisel – und das ist nichts?, raste es durch mein Hirn. Nicht panisch werden!

Entführer stehen unter Anspannung und können schnell überreagieren. Und zu was ein Entführer imstande war, dessen Blut leuchtete, wollte ich mir gar nicht vorstellen.

„Okay, Erik, bleib ruhig, wir finden einen anderen Weg!", sagte ich weniger souverän, als ich wollte. Ich sprach ihn beim Vornamen an, wollte mehr Vertrauen bewirken.

„Nein!", sagte er in einer so bestimmten Art und Weise, dass ich gar nicht mehr weiter überlegte, wie ich die Situation lenken könnte.

„Ja, ja, okay, was jetzt?", entgegnete ich resigniert und mit einem ängstlichen Zittern in der Stimme.

„Drehe dich um und gehe zur Tür!", kam seine Anweisung.

Ich bewegte mich langsam in Richtung Tür, er hielt das Skalpell weiter an meinen Hals, und in mir jagte ein Gedanken den anderen.

Nur nicht stolpern! Was kommt als Nächstes? Wo bleiben die Sanitäter? Hilft mir niemand? Wie konnte ich so blöd sein, dass ich in so eine Situation gerate. Jahrelange Ausbildung und von wegen „Menschenkenntnis" – Ist er überhaupt ein

Mensch? ... Drogen! Er muss auf Drogenentzug sein!, pochte es in meinen Schläfen.

Und dann wurde ich ganz ruhig, alles schien irgendwie entrückt, wie in einem Traum. Ich fühlte mich wie in Watte gepackt und öffnete irgendwie die Seitentür des Transporters. Erik schob seine Füße in ein paar Turnschuhe, die neben der Trage standen. Er trug ein T-Shirt und eine Jogginghose, die sicher aus der Kleiderkammer des Krankenhauses stammten. Dann traten wir nacheinander ins Freie.

Ich sah andere Leute, die um uns herum in ihren Autos saßen oder danebenstanden. Keiner schien Notiz von uns zu nehmen. Alle starrten in Richtung Unfall, niemand bemerkte, in welch unglaublicher Situation ich war.

Blöde Gaffer, warum helft ihr mir nicht!, schrie ich innerlich.

Wir gingen zum Fahrbahnrand, stiegen über die Leitplanke und liefen durch den Graben neben der Straße. Meine Beine waren wie Gummi, und ich versuchte, den Halt nicht zu verlieren. Wie aus weiter Ferne vernahm ich Eriks Stimme, die mich anwies, in Richtung eines kleinen Wäldchens zu gehen, welches unweit der Straße lag. Die Bäume waren von einem Zaun umgeben. Erik trat gegen einen der Pfosten, der wegknickte, und er deutete mir, unter dem Zaun hindurchzukriechen.

„Lauf nicht los, wenn du drüben bist, ich bin schneller", sagte er kühl, was sein Atem, der in der Winterluft gefror, noch unterstrich.

Ich folgte seinen Anweisungen und wartete, bis auch er durch war. Das Skalpell hielt er nun gesenkt.

Ich würde ohnehin nicht entkommen können, und hören würde mich hier auch niemand mehr.

Wir gingen eine Weile, die Lichter der Straße wurden dunkler, aber der Mond, der wegen der winterlichen späten Morgendämmerung noch am Himmel stand, schien durch die Blätter der Baumkronen. Ich verlor das Zeitgefühl und auch das Gefühl für Entfernung und Richtung, in die wir gingen. Irgendwann endete der Wald, und wir standen am Rande eines Feldes.

„Da hinüber!", wies Erik mich an und deutete auf eine alte Scheune. Ich stolperte über das kahle Stoppelfeld und verlor einmal beinahe das Gleichgewicht. Erik war sofort neben mir und fing mich auf. Sofort riss ich mich los und sah ihn giftig an. Ich wollte nicht, dass er mich anfasste!

Neben der Scheune befand sich ein kleines Haus, das dunkel und verlassen wirkte. Als wir das Scheunentor erreicht hatten, sah sich Erik kurz um. Mit den Schuhspitzen schob er das gefrorene Gras beiseite und hob ein Drahtstück vom Boden auf. Er trat an das Tor heran und hantierte an dessen Schloss herum. Nicht lange und es sprang auf. Die Tür schwang leise knarrend zur Seite, als Erik sie nach innen drückte.

„Nach dir", sagte er zu mir, und wir traten ins Innere der Scheune.

Nach einer Weile gewöhnten sich meine Augen an das schummrige Licht im Innern der Scheune, und ich konnte Umrisse erkennen. Auf der rechten Seite standen ein paar Autos, ältere Modelle verschiedener Fabrikate. Zur Linken erkannte ich eine Werkbank mit allerlei Werkzeugen und irgendwelchen elektrischen Geräten. An der einen Wand hingen ein paar Gartengeräte: Mistgabeln, Spaten, und eine Sense blitzte im blassen Mondlicht, das durch ein Oberlicht an der Scheunendecke fiel. Es war Dezember, und die Nächte waren lang, aber der Mondschein schien sich schon mit dem Licht der Morgendämmerung zu mischen.

Erik kramte auf der Werkbank herum, und nach einer kleinen Weile flammte ein Streichholz auf, das er an den Docht einer rostigen Laterne hielt. Er klappte das Glas herunter, hielt die Laterne hoch und begann, sich in der Scheune umzuschauen.

Noch immer fühlte ich mich benommen, meine Gedanken waren träge. Ich vermutete mich in einer Art Schockzustand.

„Komm hier herüber!", vernahm ich Eriks Stimme, und er zeigte auf eine alte Matratze in der einen Ecke der Scheune. „Setz dich, bitte", ergänzte er in etwas weicherem Tonfall.

Ich tat es widerspruchslos und merkte erst jetzt, wie müde und erschöpft ich war. Ich zitterte, und meine Zähne schlugen klappernd aufeinander. Ob es die Angst vor dem, was noch kommen könnte, war oder die Kälte wusste ich nicht.

Was hat Erik mit mir vor? Wird er mir etwas antun oder mich irgendwann gehen lassen?

Immer wieder rutschten meine Gedanken in die „Katastrophenecke", wie ich es gern bezeichnete, wenn man sich Situationen sehr düster ausmalte. Aber meine Lage war, selbst wenn ich versuchte, nicht unnötig negativ zu denken, einfach nur beschissen. Ich war mit einem Irren, der ein Skalpell und allerlei andere Werkzeuge zur Verfügung hatte, allein in einer Scheune, und niemand wusste, wo ich mich aufhielt!

Erik hatte sich zwischenzeitlich weiter umgeschaut und kam mit einer alten, staubigen Decke zu mir. „Hier, die sollte dich wärmen." Er legte sie mir fürsorglich um die Schultern und kniete sich vor mir nieder. Dann schaute er mich mit ernstem Blick an. „Es tut mir leid, dass ich so handeln musste, Marla."

„Ich hasse dich! Wie konntest du so etwas tun! Du mieser kleiner Junkie, was ziehst du dir rein? Bist du auf Turkey?", platzte es aus mir heraus, und ich begann, mit meinen Fäusten gegen seine Brust zu hämmern.

Ich war so unbeschreiblich wütend auf meinen Entführer und gleichzeitig so enttäuscht. Ich hatte ihm helfen wollen, riskierte Kopf und Kragen, und er benutzte mich einfach für seine Zwecke, ohne sich darum zu scheren, wie es mir dabei ging. Und ich hatte solche Angst!

Er hielt meine Hände fest, blickte mich mit seinen intensiv grünen Augen ernst an und fragte irritiert: „Ich kann dir nicht folgen. Was meinst du damit?"

„Na, irgendwelche Drogen musst du dir doch reinziehen! Oder hast du eine andere Erklärung, warum dein Blut leuchten kann? Was ist das für ein Zeug?", giftete ich ihn an.

Mein Körper bebte, und Tränen traten mir in die Augen. Die Starre war von mir gewichen, und die Anspannung machte sich lawinenartig Luft. Meine professionelle Ruhe war mir völlig abhandengekommen.

Erik dagegen blieb ruhig.

„Die einzigen Drogen, die ich mir *reinziehe*", er betonte das Wort amüsiert, „habt ihr mir verabreicht. Und für eine Erklärung, warum mein Blut leuchtet, ist es noch zu früh. Du würdest mir nicht glauben, und es ist auch besser für dich, wenn du nicht zu viel weißt. Nur so viel: Egal, welche Erklärung du dir zusammenreimst, sie ist falsch. Marla, ich habe dir gesagt, wie wichtig mein Auftrag ist. Und es geht hier um Dinge, von denen du hoffentlich nichts weißt. Auch wenn eure Drogen langsam aus diesem Körper weichen, glaube ich, dass er Ruhe braucht. Ich werde jetzt nicht mit dir weiterdiskutieren."

Ich atmete tief ein. „Hast du gerade ‚dieser Körper braucht Ruhe' gesagt?", fragte ich irritiert, weil mir diese Formulierung doch überaus seltsam vorkam.

„Dann brauche *ich* eben Ruhe!", entgegnete Erik nun doch leicht gereizt und ergänzte mit erschöpft klingender Stimme: „Leg dich hin!"

Widerwillig streckte ich mich auf der Matratze aus, die muffig und staubig roch. Ich wollte mich gerade etwas zusammenrollen, als sich Erik neben mich legte. Sofort fuhr ich hoch und rief: „Was soll das jetzt?"

„Ich habe keine Kraft mehr, in der Scheune nach etwas zu suchen, womit ich dich festbinden kann. Also halte ich dich fest und merke so, wenn du fliehen willst. Hinlegen jetzt! Bitte!"

Unmutig gehorchte ich, drehte ihm den Rücken zu und wurde stocksteif, als er dann auch noch seinen Arm um meine Taille legte.

„Entspanne dich", raunte er, „ich werde dir nichts tun."

Ja, klar! Ich werd mich dann mal entspannen ... Der ist so was von durchgeknallt! Mistkerl!, wütete ich innerlich weiter und malte mir meine Freude darüber aus, wenn ihn die Polizei schnappen würde und er hoffentlich lange irgendwo schmoren musste, um seine Strafe für diese Tat abzusitzen.

Nach einiger Zeit merkte ich, dass sich Eriks Körper sehr warm anfühlte, und ich fragte mich, ob er Fieber hatte. Tat ich ihm vielleicht doch unrecht und er war wirklich einfach nur sehr krank?

Egal, Mitleid war hier fehl am Platze!

Meine Gedanken ratterten wieder, und ich kam zu dem hoffnungsvollen Schluss, dass man uns sicher finden würde, da wir nicht weit gegangen waren und die Sanitäter die Polizei schon alarmiert haben mussten. Man würde mich retten, alles andere war nicht wichtig. Natürlich würde das Ganze jede Menge Probleme für mich bedeuten, aber immerhin würde ich mit einem blauen Auge aus dieser idiotischen Situation kommen.

Denk positiv, es wird klappen!, sagte ich mir.

Ich weiß nicht mehr, wie lange ich dalag und was mir noch durch den Kopf ging, aber irgendwann schlief ich tatsächlich ein.

Im Versteck

„Aufwachen, Marla!", hörte ich Eriks Stimme von weither. „Wir müssen weiter."

Lange konnte ich nicht geschlafen haben, denn ich fühlte mich immer noch genauso erschöpft wie zuvor. Also sind meine Retter noch nicht gekommen!, durchfuhr es mich. Aber nicht mal diese Erkenntnis konnte mich aus meiner bleiernen Müdigkeit holen. Wahrscheinlich hatte niemand in Betracht gezogen, dass wir so nah an unserem Fluchtauto kampieren würden. Sie gingen wohl eher davon aus, dass wir schon über alle Berge sein müssten.

Erik rüttelte an meiner Schulter, bis ich ganz wach war, und ging dann zu den Autos hinüber, die in der Scheune unterstanden.

„Welcher ist der Unauffälligste?", fragte er mich.

Ich richtete mich auf der Matratze ganz auf und nuschelte schlaftrunken: „Weißt du das nicht selbst? Du bist ein Junge, und Jungs kennen sich normalerweise mit Autos besser aus als wir Mädchen."

Er drehte sich langsam zu mir um und fragte mit süffisantem Lächeln: „Ein Junge? So, so."

Jetzt überdachte ich meine Worte und merkte, welchen Schwachsinn ich gerade von mir gegeben hatte. Himmel, war ich fertig!

„Aber jetzt im Ernst, Marla." Er kam wieder ein paar Schritte auf mich zu. „Damit du dir weitere

Nachfragen dieser Art sparen kannst: Ich komme nicht von hier, meine Umwelt unterscheidet sich deutlich von deiner, und ich könnte ein paar Informationen über eure Gepflogenheiten gut gebrauchen. Auch wenn ich versucht habe, mich so optimal wie möglich vorzubereiten, sind meine Kenntnisse begrenzt. Also, welcher fällt am wenigsten auf?", hakte er etwas energischer nach.

Spinner!, halte es wieder durch meinen Kopf, doch ich sagte dazu nichts. Ich schaute mir die Autos an. Es war inzwischen hell in der Scheune, und ich zeigte kurzentschlossen auf einen schwarzen VW-Golf.

„Den fahren viele und besonders gerne Frauen. Ich nehme an, dass ich fahren soll?", fragte ich nach.

Er nickte, ich ging zu dem Fahrzeug herüber. Die Tür ließ sich öffnen, und ich klemmte mich hinter das Steuer. Erik ging zum Scheunentor, schob es einen Spaltbreit auf und spähte hinaus. Dann öffnete er das Tor weiter, und ich dachte nur: Meine Chance, jetzt kann ich fliehen!

Hektisch suchten meine Finger am Lenkradschloss herum – vergeblich. *Verdammt, es gibt keinen Schlüssel!* Mein Kopf senkte sich auf das Lenkrad. *Verdammter Mist!*

„Was ist los, Marla?" Erik kam vom Tor zu mir herüber.

„Ohne Schlüssel kann ich nicht starten, das müsstest selbst du doch wissen!", fauchte ich ihm entgegen.

Er schwang sich auf den Beifahrersitz, beugte sich zu mir herüber und riss ohne Vorwarnung die Verkleidung an der Lenksäule ab. Allerlei Kabel hingen herab, an denen er sich zu schaffen machte. Nach ein paar Minuten gab der Motor Startgeräusche von sich, und Erik sagte nur: „Bitte sehr, fahr los!"

„Und du willst dich in meiner Welt nicht auskennen!", sagte ich und trat auf das Gaspedal.

Das Haus nebenan war immer noch ruhig und wirkte verlassen. Meine Hoffnung, dass unser Autodiebstahl bemerkt würde, verflüchtigte sich gleich wieder.

„Wohin?", fragte ich kurz und resigniert. Immerhin hatte er mich bisher nicht körperlich verletzt, also war es sicher besser, seinen Befehlen weiter Folge zu leisten. Ich wollte nichts riskieren.

„Warte!" Erik hantierte am Navigationssystem des Wagens herum. „Folge den Anweisungen!", ordnete er knapp an.

Wir fuhren los, verließen das Gelände und bogen auf größere Straßen ab. Abwechselnd sah ich auf das Navigationsgerät und auf die Straße und begann wieder, meinen Gedanken nachzuhängen, als ich bemerkte, dass Erik mich von der Seite her beobachtete.

„Was?", fragte ich barsch.

„Du bist recht hübsch, glaube ich", antwortete er.

Als ob das jetzt der richtige Zeitpunkt für eine Anmache ist!, dachte ich.

„Das Kompliment muss ich leider erwidern", gab ich mit einem zickigen Unterton zurück und bereute es gleich, geredet zu haben, ohne nachzudenken.

Er lächelte wieder auf seine leicht arrogante Art und sagte zum Glück nur: „Wir sind bald da."

Wir waren eine Zeit lang über die Dörfer gefahren und bogen nun in eine kleine Straße ein, die auf ein kleines Haus zuführte, das einsam, aber weithin sichtbar vor uns lag. Ich parkte vor dem Haus, und wir stiegen aus.

Erik setzte sich ans Steuer, fuhr den Wagen in einen kleinen Bretterverschlag und deckte eine Plane, die an der Wand gehangen hatte, darüber. Erik schien kaum auf mich zu achten, aber wohin hätte ich auch fliehen sollen?

Ich nestelte an meiner Jackentasche herum und zog vorsichtig mein Handy heraus. Ein Blick auf das Display ließ meine Hoffnung, mir damit Hilfe anzufordern, platzen: kein Empfang!

Als Erik fertig war, forderte er mich auf, ihm zu folgen.

Wir gingen zum Hintereingang des Hauses, wo er einen Schlüssel unter einem Blumentopf, in dem sich ein erfrorenes Gewächs befand, hervornahm. Er schloss die Tür auf. Offenbar kannte er sich hier aus.

„Nach dir", forderte er mich auf und wies mit einer Handbewegung in Richtung des kleinen Korridors, der vor uns lag.

Ich trat ein. Der Flur war nur spärlich beleuchtet durch ein Fenster in der Tür am anderen Ende. Erik ging an mir vorbei und schaltete eine Lampe an.

„Ich glaube, wir sollten erst einmal etwas Nahrung zu uns nehmen." Erik steuerte zielsicher auf die Küche und den Kühlschrank zu.

Das Häuschen war schlicht möbliert, und die Einrichtung hatte Flohmarktcharme. Die Möbel waren bunt zusammengewürfelt, stammten aus unterschiedlichen Dekaden des letzten Jahrtausends und zeigten deutliche Gebrauchsspuren. In der einen Ecke stand eine mit Blümchenstoff bezogene Stehlampe, in einer anderen ein achteckiger Glastisch aus den Achtzigerjahren und in der nächsten ein Wohnzimmerstuhl aus weißem Plastik, den ich auf die Siebziger datierte. Wer auch immer für die Innenausstattung des Hauses verantwortlich gewesen war, hatte entweder einen merkwürdigen Geschmack, kein Geld für Mobiliar oder legte keinen Wert darauf.

Es schien nicht oft jemand hier zu sein, denn es roch ein wenig muffig, als ob länger nicht gelüftet worden war. Die Tapeten fingen an den Kanten an, sich zu lösen, und Staubmäuse huschten bei jedem Luftzug umher. Irgendwie glaubte ich nicht, dass Erik hier wohnte, obwohl er sich im Haus gut auszukennen schien.

Trotzdem fragte ich: „Ist das dein Haus?"

„Nein", sagte er mit einem spöttischen Grinsen. „Meine eigentliche Behausung sieht ein wenig anders aus."

Aha, und wieder hatte ich so gut wie nichts erfahren.

Er entnahm dem Kühlschrank ein Fertiggericht, füllte es in zwei Schalen um und stellte sie in die Mikrowelle, dann bot er mir eine Cola an. Ich nahm sie und trank in vollen Zügen. Erst jetzt bemerkte ich, wie durstig und hungrig ich war. Das kühle Getränk weckte meine Lebensgeister.

„Das ist zwar kein Manna und Ambrosia, aber es macht satt", erklärte Erik.

Ich schaute ihn an. „Tja, da habe ich leider keine Vergleichsmöglichkeiten."

Erik grinste wieder etwas überlegen, nuschelte irgendwas in sich hinein und zündete eine Kerze auf dem Holztisch an. Ich fragte nicht nach, denn er nahm die zwei Schalen mit dampfendem Chop Suey aus der Mikrowelle und stellte sie auf den Tisch. Der Geruch nach Essen brachte mich auf wichtigere Gedanken. Erik hatte mir eine Gabel gereicht und wünschte: „Guten Appetit."

Ich begann erst langsam, dann hastiger zu essen. Obwohl ich gern Chinesisch aß, war dieses Menü mit seiner pappigen Konsistenz und dem faden Geschmack eine Herausforderung für meinen Geschmackssinn. Der Geruch hatte mehr versprochen, als der Geschmack halten konnte. Aber ich hatte Hunger und war dankbar für jede halbwegs genießbare Nahrung. Da ich selbst keine gute Köchin war, lag es mir außerdem fern, mich über Mahlzeiten zu beschweren.

Oft hatte ich von Freunden, für die ich versucht hatte, zu kochen, den Satz „Der Hunger treibt es rein" gehört, wenn ich nach einer Bewertung meiner Kochkünste gefragt hatte. Als Resultat davon beschäftigte ich mich bei gemeinsamen Kochabenden lieber mit einer ansprechenden Tischdekoration oder als Beiköchin.

Als mein größter Hunger gestillt war, hielt ich es nicht mehr aus und fragte: „Willst du mir nicht endlich erzählen, was das alles soll?"

Erik sah mich an. „Ich bin auf der Suche nach einem Kind, um es dahin zurückzubringen, wo es hingehört. Nun ... um genau zu sein, hat das Kind etwas, das ich zurückbringen muss. Markus sucht dieses Kind ebenfalls, aber er hat keine guten Absichten. Er denkt, dass ich den Aufenthaltsort des Kindes kenne, und versucht über mich, diesen herauszufinden. Wirst du mir helfen?"

„Woher soll ich, nachdem was du mir das angetan hast, wissen, wer der Gute und wer der Böse ist? Warum sollte ich dir das überhaupt glauben? Ich meine, du bist in die Psychiatrie eingeliefert worden! Und wer soll dieses Kind sein?"

„Marla", entgegnete Erik ganz ruhig und sah mich wieder mit seinen strahlend grünen Augen an. „Du solltest auf deine innere Stimme hören – dein Bauchgefühl, wie ihr es nennt."

„Wenn mein Bauchgefühl nicht auf deiner Seite gewesen wäre, dann müsste ich jetzt nicht gezwungenermaßen mit dir hier sitzen – und das wäre wohl besser für mich. Du hast mich schwer enttäuscht. Du hast mich bedroht und entführt!", erklärte ich und versuchte, dabei ruhig zu bleiben, was mir nicht gut gelang.

Er senkte den Blick und sagte nachdenklich: „Du hast recht, das war nicht sehr vertrauenserweckend."

„Pah, allerdings nicht!", zischte ich.

Erik schien die Situation ehrlich zu bedauern, und auch wenn ich es nicht wollte, stimmte er mich damit ein wenig milder.

Wir aßen eine Weile schweigend weiter. Dann schob ich meine Schale beiseite, denn ich hatte keinen Appetit mehr. Erik hatte seine vollständig geleert und zog meine mit der Frage „Darf ich?" zu sich rüber. Als ich nickte, leerte er auch meine Schale bis auf das letzte Reiskorn.

„Brauchst du noch Ruhe, Marla?"

„Ich hab zwar die Cola getrunken, bin aber immer noch hundemüde", antwortete ich ehrlich, obwohl ich gern das Gespräch fortgesetzt hätte, um endlich Antworten auf meine tausend Fragen zu bekommen.

Aber Erik erhob sich schon und führte mich in ein kleines Nebenzimmer. In diesem stand ein Sofa mit ein paar Kissen und einer Decke darauf, daneben ein Sessel, der aus Großmutters Zeiten zu stammen schien. Erik setzte sich in diesen, und ich machte es mir auf dem Sofa gemütlich. Es war irgendwie eine seltsame Situation, fast heimelig, wenn da nicht der Gedanke gewesen wäre, dass ich von einem Geistesgestörten gekidnappt worden war.

Erik schloss die Augen und sagte: „Schlafe ein wenig. Hier können wir beide in Ruhe und Sicherheit zu Kräften kommen. Ich komme von … sagen wir weither …, und dieses Haus sollte eigentlich mein erstes Ziel sein. Aber irgendetwas ist nicht nach Plan verlaufen, und so bin ich ziemlich hilflos in der U-Bahn-Station gelandet. Nach einer solchen Reise brauche ich immer ein paar Tage, um richtig zu funktionieren und mich orientieren zu können. Es ist gut, dass ich dich getroffen habe, Marla. Und dank deiner Hilfe bin ich nun doch hier angekommen. Ich habe nur leider etwas Zeit verloren …"

Ich lauschte seiner klangvollen Stimme, während mir müde die Augen zufielen. Ich dachte über seine Art zu reden nach. Wenn Erik sprach, klang er nicht wie ein Fremder aus einem anderen Land, der er ja vorgab, zu sein. Er hatte keinen Akzent, aber er sprach sonderbar gestelzt und manierlich, fast wie ein „Nerd" aus einer meiner Lieblingsserien, die das Leben einiger intelligenter, aber sozial unbeholfener Typen karikierte.

Auch mir hatten meine Freunde manchmal schon erklärt, ich würde mich gern gewählt ausdrücken, was wahrscheinlich darin begründet war, dass meine Mutter Germanistik-Professorin gewesen war und sich sehr um meine Ausdrucksweise bemüht hatte. Aber Erik toppte das locker! Meine Ma wäre begeistert gewesen.

Gerne hätte ich gefragt, was er mit *von weither* meinte, aber ich wusste, er würde sich momentan nicht darauf einlassen. Wieder hatte ich nur ein paar Brocken Information erhalten, mit denen ich aber nichts Richtiges anfangen konnte.

„Du bleibst hier? Oder wirst du weglaufen?", fragte Erik mich gerade.

Das Wort *weglaufen* machte mich wieder wacher, und als ich daraufhin meine Augen öffnete, traf mich sein intensiver Blick. Ich fühlte mich ertappt.

„Glaube mir, du warst nie wirklich in Gefahr. Ich bin ein Hüter und würde kein Menschenleben nehmen, wenn es nicht zwingend notwendig ist. Wenn du jetzt bleibst, Marla, dann ist das von jetzt an deine Entscheidung. Aber wenn du gehst, dann, bitte, führe niemanden zu mir, und hüte dich vor Markus und seinen Schergen ..."

Er schloss die Augen und schien einzuschlafen.

Hatte er mir tatsächlich die Erlaubnis gegeben, von hier wegzugehen? Zurück in mein Zuhause, in die Klinik, in mein ... früheres Leben.

Ich überlegte einen Moment lang, ob ich einfach gehen sollte, aber die Müdigkeit, die Angst vor Markus und dem Chaos, das draußen auf mich wartete, aber vor allem auch eine gehörige Portion Neugier ließen mich bleiben.

Wer war dieser Mann? Woher kam er? Was ist ein Hüter? War das alles nur ein Produkt seiner kranken Fantasie?

Das musste und wollte ich herausfinden. Außerdem fühlte ich mich nicht akut gefährdet. Wenn er mir etwas hätte antun wollen, hätte er dies schon getan. Also entschied ich, noch etwas bei ihm zu bleiben. Obwohl es sicher rationaler gewesen wäre, zu gehen, siegte wieder einmal mein Gefühl und sorgte dafür, dass mein Leben in noch größere Unordnung geraten würde.

Träume

Ich schlief ein und glitt hinüber ins Reich der Träume: In meinem Traum stand ich inmitten eines Waldes, dessen Bäume kahl und mit Raureif überzogen waren. Ich sah mich um, wusste nicht, warum ich hier war, an einem Ort, der mir fremd schien. Alles wirkte ruhig, ruhig und klar.

Obwohl die Natur um mich herum vom Frost erstarrt war, fror ich nicht, nein, ich fühlte mich warm und geborgen. Irgendetwas veranlasste mich, mich langsam in Bewegung zu setzen. Das knirschende Geräusch, das meine Füße auf dem harten Waldboden verursachten, war der einzige Laut, den ich vernahm. Meine Schritte führten mich aus dem Wald heraus auf eine Lichtung.

Vor mir lag ein kleiner See, über dessen Wasseroberfläche Nebelschwaden waberten. Mein Blick schweifte über die ruhige Wasseroberfläche des Waldsees, als ich hinter mir ein leises Geräusch hörte. Ich wandte mich um und sah in die tiefblauen Augen eines etwa zehnjährigen Mädchens mit langen blonden Haaren. Sie strahlte so viel Ruhe aus, dass meine kurze Verwunderung, ein kleines Mädchen allein mitten im Wald anzutreffen, sofort wich.

Im Blick des Mädchens lag eine Tiefe, die so gar nicht zu ihrem kindlichen Alter passte. Sie schien, bis auf den Grund meiner Seele blicken zu können. Zunächst schaute sie ein wenig fragend, dann umspielte ein Lächeln ihre Mundwinkel, und sie flüsterte: „Danke."

Während ich mich noch fragte, wofür sie sich bedankte, rutschte das Bild weg. Obwohl ich versuchte, die Szene zu halten, entglitt sie, und stattdessen träumte ich Sequenzen aus dem Krankenhaus, von meiner und Eriks Flucht und andere wirre Dinge.

Als ich erwachte, brauchte ich einen Moment, um mich zu orientieren. Ich streckte mich und stellte fest, dass ich mich tatsächlich ausgeruht fühlte. Die Träume waren noch präsent, und ich sortierte die Bilder in meinem Kopf. Was und warum hatte ich dies geträumt? Wer war dieses Mädchen?

Ich hatte wohl einige Stunden geschlafen, denn es wurde bereits wieder dunkel. Als ich mich im Zimmer umsah, bemerkte ich, dass der Sessel, in dem Erik zuletzt gesessen hatte, leer war. Ob er noch im Haus war, oder hatte er bereits das Weite gesucht?

Ich verließ das Zimmer und schritt den Korridor entlang, der wieder nur spärlich beleuchtet war. Durch das Oberlicht der Küchentür drang helleres Licht, und ich ging darauf zu. Als ich die Tür zur Küche öffnete, blieb ich irritiert stehen und rief: „Gott, Erik, hast du kein Schamgefühl!"

Erik stand splitternackt an der Küchenzeile. Als er sich umdrehte, verhinderte nur der Küchentisch, dass ich mehr zu sehen bekam, als mir gerade lieb war.

„Nein ..., ich denke nicht", antwortete er trocken, nachdem er kurz überlegt hatte. „Aber vielleicht kannst du mir ja erklären, worum es sich dabei handelt? Deinem Blick nach irritiert dich das Fehlen meiner Kleidung. Hat es damit zu tun? Möchtest du, dass ich mir etwas anziehe?"

Oh Mann, meint er das ernst?

„Ich bitte darum!", antwortete ich rasch und drehte mich um.

Es raschelte, ein Stuhl kippte. Ich wartete und ärgerte mich, dass wieder einmal Kopfkino in mir lief und ich ihn leider Gottes so verdammt attraktiv fand.

Der Anblick seines wohlgeformten Rückens war mir ja bereits zuvor gegönnt gewesen. Jetzt hatte ich auch seine muskulöse Brust und das sich dezent abzeichnende Sixpack darunter bemerkt. V-förmig zogen sich die Muskeln in seinen Leisten bis dorthin, wo die Tischkante nur Platz für weitere Spekulationen gelassen hatte. Er hatte einen Körper, der der Schönheit der antiken griechischen Statuen in nichts nachstand. Muskulös, aber geschmeidig. Nicht so aufgepumpt, wie der von fitnesssüchtigen Bodybuildern. Jedenfalls traf er damit bei meinem ästhetischen Empfinden voll ins Schwarze.

Als das Rascheln aufgehört hatte, drehte ich mich wieder um und bemerkte, dass meine Wangen etwas warm geworden waren. Das war mir lange nicht passiert. Als Kind und Jugendliche hatte man meine Gefühlsregungen immer deutlich sehen können, und ein paar fiese Gleichaltrige hatten mich gern darauf hingewiesen, weil ich dann nur noch rotere Wangen bekommen hatte.

Erik sprach mich zum Glück nicht darauf an, vielleicht sah er es ja auch nicht. Er hatte sich eine Jeans und ein T-Shirt übergestreift, was ihn nicht weniger gut aussehen ließ.

Seine nächste Bemerkung überraschte mich.

„Im Übrigen reicht es, wenn du mich Erik nennst. Ich sage ja auch nicht Doktor Marla zu dir", bemerkte er wie beiläufig und in ernstem Ton.

„Wie bitte?", entgegnete ich, und als es mir dämmerte, dass er meinen Ausruf „Gott, Erik" meinte, konterte ich: „Sehr witzig!"

Mir sollte erst viel später klar werden, dass er dies gar nicht als Witz gemeint hatte.

„Möchtest du dich frisch machen? Oben ist ein Badezimmer mit Dusche. Ich mache uns in der Zwischenzeit etwas zu essen", wechselte Erik das Thema.

Jetzt fiel mir auf, dass er nasse Haare hatte und sich den Reisestaub offensichtlich schon abgewaschen hatte. Da ich nicht diejenige sein wollte, die verschwitzt und schmutzig am Esstisch sitzen würde, trabte ich die schmale Holztreppe hinauf ins Obergeschoss.

Gleich hinter der ersten Tür, die ich öffnete, lag ein Badezimmer, in dessen hinterer Ecke sich eine Dusche befand. Das kleine Fenster in der Dachschräge war gekippt, und ich schloss es, da es kalt im Raum war. Der Geruch nach Duschgel lag noch in der Luft. Ich entkleidete mich rasch und schlüpfte hinter den Duschvorhang.

Das Wasser war zum Glück sofort warm, und die Wärme sandte mir wohlige Schauer über den Rücken. *Mein Tagesrhythmus ist durcheinandergeraten:*

abends aufstehen und duschen. Aber in letzter Zeit war einiges mehr durcheinander als nur mein Tagesrhythmus! Das war jetzt erst einmal egal. Ich schaffte es, nicht weiter nachzudenken, sondern einfach zu entspannen.

Warmes Wasser versetzte mich immer recht schnell in einen tiefenentspannten Zustand, der meinem Kopf eine Pause verschaffte. Irgendwann drehte ich das Wasser ab und schob den Duschvorhang beiseite. Ich war eben aus der Dusche herausgetreten, als die Tür aufflog.

Erik platzte herein und rief: „Das Essen ist fertig!"

Abrupt hielt er inne und schien mich nun selbst irritiert mustern zu wollen, aber ich hatte mich blitzschnell in ein Handtuch gehüllt.

„Oh Mann, Taktgefühl hast du also auch nicht!", motzte ich los.

„Du hast mich nicht gehört, da wollte ich ..." Er stoppte mitten im Satz und klang dabei plötzlich wie ein kleiner Junge. Zuvor hatte er immer sachlich, rational und souverän gewirkt, aber dies war eine neue Seite an ihm.

Der Anflug von Ärger über Eriks Taktlosigkeit verflog mit einem inneren Schmunzeln. Erik machte auf mich mittlerweile den Eindruck, als wüsste er es wirklich nicht besser, und ich bat ihn in etwas milderem Tonfall: „Ich komm gleich runter, gib mir fünf Minuten."

„Ja, in Ordnung, bis gleich." Schon war er verschwunden.

Wenig später saßen wir am Tisch. Erik hatte aus Dosennahrung und Reis etwas Indisches gezaubert. Es roch nach asiatischen Gewürzen, und es schmeckte gar nicht mal schlecht. Kokos und Curry dominierten, und andere Zutaten, die ich nicht herausschmecken konnte, rundeten den Geschmack ab.

„Nicht schlecht!", sagte ich. „Kochen kannst du also auch."

„Nahrung zubereiten und die Kompositionen der Geschmacksrichtungen hinterher zu genießen, ist eine angenehme Sache", erklärte Erik wieder in seinem gewohnt sachlichen Ton.

„Ja, Essen finde ich auch eine angenehme Sache, aber für das Kochen selbst bin ich zu ungeduldig", erwiderte ich.

Wir genossen eine Weile das Essen, bis ich das Schweigen brach: „Also, ich bin dageblieben. Wie geht es jetzt weiter? Erfahre ich etwas mehr über dich, außer, dass du gut kochen kannst und Gefühle nicht so dein Ding sind?"

Erik überlegte einen Moment.

„Ich arbeite normalerweise allein, manchmal mit einem Partner, der ebenfalls mit der Aufgabe vertraut ist, und ich versuche bei meinen Aufträgen, möglichst unauffällig zu agieren."

Seine gewohnt gestelzte Art zu sprechen, passte nicht wirklich zu seinem jugendlichen, leicht verwegenen Aussehen.

„Wie ich dir schon erzählt habe, ist dieses Mal etwas nicht ganz nach Plan verlaufen. Und nun habe ich unfreiwillig eine Partnerin, also dich, an meiner Seite, die nicht eingeweiht ist. Ich muss genau überlegen, was du wissen darfst und welches Wissen dir schaden könnte. Aber ich habe mir darüber schon Gedanken gemacht: Du bist ein vertrauenswürdiger Mensch, und das, was ich dir jetzt erzählen werde, würde ohnehin niemand glauben, wenn du es weitererzählen würdest. Die Menschen glauben nicht mehr viel ohne handfeste Beweise." Nach einer kurzen Pause fragte er mich unerwartet: „Hast du einen Glauben?"

Ich zögerte einen Moment. Ging ihn das eigentlich etwas an? Andererseits wollte ich ja auch Einzelheiten über und von ihm erfahren. *Also, was soll's!*

„Einen festen Glauben im Sinne einer Religion hab ich nicht, aber irgendwie hab ich das Gefühl, da ist etwas, was die Geschicke der Menschen oder besser die aller Lebewesen beeinflusst. Ich bin schon interessiert an verschiedenen Kulturen und Religionen. Wenn ich Zeit hab, mach ich gern Reisen in andere Länder. Ich pack dann meinen Rucksack und buche einen Flug ... und ein bisschen bereite ich mich auch vor."

Ich erinnerte mich kurz an meine letzte Reise nach Tibet. In dieses Land, das von China annektiert worden war, einzureisen, hatte doch ein wenig mehr Aufwand erfordert. Ein Aufwand, der sich gelohnt hatte. Dort herrschte noch kein Massentourismus, sondern ich fand eine gewachsene, ursprüngliche Kultur vor, die tief in ihrem buddhistischen Glauben verwurzelt war. Sicher würde das nicht mehr lange so bleiben, denn die ersten Hochhäuser wurden bereits nur wenig abseits des Potala-Palastes, der ehemaligen Residenz des Dalai Lama, hochgezogen.

Aber Tibet hatte einen Zauber in mir geweckt, der lange geschwiegen hatte.

„Mich unter die Leute mischen, um mehr von ihrem Leben zu erfahren, find ich spannender, als am Pool zu liegen. Es gibt in vielen Religionen etwas, was mich berührt, aber auch etwas, was mich abstößt. Warum fragst du? Willst du mich jetzt zu irgendeiner Sekte bekehren?", hakte ich nach.

Erik lächelte. „Nein, aber ich erzähle dir nun etwas, was dir wie der Glaubensinhalt einer Religion oder Sekte vorkommen könnte. Ich beginne mal dort, wo es für die Menschen interessant wird. Die Zeit davor sprengt den Rahmen und vielleicht auch deine Vorstellungskraft, wobei ich nicht an dieser zweifle. Aber du bist eben nur ein Mensch."

Durch das, was Erik und die Art, wie er es gesagt hatte, fühlte ich mich ein wenig herabgewertet und verzog die Augen zu schmalen Schlitzen, aber ich wollte ihn nicht unterbrechen und verkniff mir einen Kommentar. Ich war auf der Hut und ohnehin nicht der leichtgläubige Typ. Natürlich gab es auch meine träumerische Seite, aber ich hatte so gut wie immer ein Bein am Boden der Realität.

Erik hatte kurz innegehalten, sein Blick glitt in die Ferne, als er fortfuhr: „Für meine Erklärungen werde ich Begriffe aus der nordischen Mythologie wählen, einfach, weil wir uns hier in Nordeuropa befinden. Doch genauso gut könnte ich Begriffe aus anderen Kulturkreisen wählen. Letztlich führen sie zu ähnlichen Kernaussagen – und das nicht ohne Grund."

Ich beobachtete ihn genau, konnte aber weiterhin keine Anzeichen krankhafter Symptome erkennen. Er wirkte ganz ruhig und entspannt.

Die nordische Mythologie war nicht mein Steckenpferd, aber ein wenig kannte ich mich damit aus. Daher war ich neugierig, was nun kommen würde.

„Nehmen wir an, eine Kraft – nennen wir sie *Midgard* – hat, einfach, weil sie es konnte, die Erde erschaffen. Dieser Planet mit seinem Land und Wasser und dem Himmel war besonders, aber nicht einzigartig.

Eine andere Kraft – nennen wir sie *Hel* – hat sich die Erde angeschaut und gemeint, sie könnte das noch verbessern oder interessanter gestalten.

Midgard hatte keinen Einwand dagegen, und so gab *Hel* das Leben auf die Erde. Einfache tierische Lebewesen und Pflanzen bevölkerten sodann die Erde und machten sie bunt und vielfältig. Doch nach einer Weile fand *Hel* es an der Zeit, noch eine besondere Form des Lebens dazuzugeben."

Erik warf mir einen Blick zu, und ich hatte das Gefühl, mich aufrecht auf den Stuhl setzen zu müssen, während er mir wohl eine besondere Variante der Schöpfungsgeschichte erzählte.

„Ihr verwendet gern die Begriffe Seele oder Gefühl. An den Lebewesen, die nun entstanden, hatten *Midgard* und *Hel* viel Freude. Die Tiere begannen, zu interagieren, wurden durch die Emotionen ausdrucksstärker. Die beiden Mächte griffen so wenig wie möglich ein, jedoch banden sie ihre Schöpfung in ein Regelwerk ein. So, wie die Erde sich in ihrem ständigen Zyklus verändert – Jahr um Jahr, Zeitalter um Zeitalter – so veränderten sich auch die Seelen. Sie kamen auf die Erde und gingen zurück nach *Hel*, um dann in neuer Gestalt wieder auf die Erde zu kommen. Das Leben veränderte sich und zeigte immer neue Formen – mit etwas Hilfe von außen natürlich."

Erik machte eine kleine Pause, aber da ich ihn nur mit fragenden Augen ansah, weil ich wissen wollte, wie es weiterging, fuhr er fort.

„Eine dritte Kraft – wir nennen sie *Asgard* – überzeugte die beiden dann, auch noch das Wissen mit ins Spiel zu nehmen. Und natürlich waren *Midgard* und *Hel* auch diesmal nicht abgeneigt, denn auch die schönsten Spiele brauchen irgendwann ein Update, sonst wird es langweilig. Nach und nach entwickelte sich das Leben auf der Erde so, wie du es heute kennst: die unbelebte Natur und die Lebewesen, die entweder mehr ihren Instinkten folgen oder dem Wissen mehr Beachtung schenken. Kannst du mir so weit folgen?", vergewisserte sich Erik nun doch.

Einen kurzen Augenblick musste ich überlegen, dann antwortete ich: „Hab ich in der Schule und im Religionsunterricht zwar ein bisschen anders gelernt, aber ehrlich gesagt, konnten ja weder Wissenschaft noch Religion mir bis ins Detail Antworten liefern. Also hör ich gern meinem Entführer mit dem leuchtenden Blut weiter zu, welche Erklärungen es für die Lücken in der Entstehungsgeschichte der Welt gibt", fügte ich ein wenig sarkastisch hinzu.

„Das ist nicht ganz korrekt. Ich erkläre dir hier etwas über die Erde, nicht über die Welt. Aber es ist typisch Mensch, dass ihr die Erde immer gleich als ganze Welt bezeichnet. Nehmen wir den Begriff ‚Weltkrieg': Natürlich hatten diese Kriege Ausmaße, die einen imposanten Namen verdienten. Aber ein echter Weltkrieg, der hätte Dimensionen, die ein Mensch nicht im Mindesten erahnen könnte!"

Erik hatte seine Stimme ein wenig erhoben, und ich bereute, ihn gereizt zu haben. Immerhin merkte ich nun, dass man ihn reizen konnte, und ich entschied, lieber ein bisschen vorsichtiger zu sein.

Manchmal stellte sich tatsächlich so etwas wie Vertrautheit zwischen Erik und mir ein, und das war vielleicht nicht gut für mich. Ich vergaß dann die besonderen Umstände dieser Situation, obwohl ich doch wachsamer sein sollte. Objektiv betrachtet war er ein aus der Psychiatrie geflohener Mann, der sonderbare Geschichten erzählte und ein paar physische Besonderheiten aufwies. Subjektiv hingegen sah er nicht nur göttlich aus, sondern lieferte mir auch noch Zusammenhänge, die die Welt (oder unsere Erde) erklärten, welche mehr als interessant klangen. Und für einige seiner Eigenarten hatte ich trotz meiner Kenntnisse über den menschlichen Körper keine plausiblen Begründungen.

Erik fuhr in gemäßigterem Tonfall fort: „Du findest auch in anderen Religionen Elemente aus dieser Geschichte wieder. Der Gott der monotheistischen Religionen, der die Erde erschaffen hat. Brahman, der Erschaffer im Hinduismus, und Manitu, die alles durchdringende Kraft in der nordamerikanischen Naturreligion. Das Nirwana im Buddhismus ist im Grunde nur ein anderer Name für *Hel*. Das sind alles Bilder, um etwas zu beschreiben, was lange, lange zurückliegt. Viel Wissen um die Entstehung der Erde und des Lebens findet sich in Kultur und Religion wieder, besonders in den sehr alten Naturreligionen. Aber es ging auch viel davon verloren oder wurde aus machtpolitischen Gründen in den jüngeren Religionen verändert. Teilweise wurde Wissen bewusst unterdrückt oder einfach anderen Interessen geopfert, ob man nun weise Frauen auf dem Scheiterhaufen verbrannte oder die Indianer in einem Genozid tötete, um Land zu erobern."

Erik hielt kurz inne in seinen Erzählungen. Seine Stirn hatte sich ein wenig in Falten gelegt. Er schaute dabei fast so aus, als würde er sich an etwas erinnern, was er selbst erlebt hatte. Sollte er wirklich so ergriffen sein von den schrecklichen Taten in der Menschheitsgeschichte?

Ich erwiderte nichts, war noch dabei, die neuen Informationen in meine Weltanschauung – oder besser Erdanschauung – einzuordnen. Wir tranken beide einen Schluck, bevor Erik weitersprach.

„Wesen aus *Asgard* und *Hel* haben sich immer wieder unter euch Menschen gemischt, um ihren Einfluss zu mehren, oder als willkommene Abwechslung zu ihrem bisherigen Sein. Die Erde ist trotz mancher Fehler gut gelungen, und auch wir finden sie inspirierend.

Leider gab es immer mehr Unstimmigkeiten unter den Mächten. Daher erteilte *Midgard* ein Verbot für die beiden anderen Mächte, die Erde zu besuchen. Es gab genug Wissen und Gefühl auf der Erde, und insbesondere die Menschen sollten sich ohne weiteren Einfluss entwickeln. Vor wenigen

Jahrtausenden nahmen Weltreligionen ihren Ursprung, und das Wissen begann, zu explodieren. Die Erde hat sich unter dem menschlichen Einfluss rapide verändert und tut es immer noch. *Midgard* wollte seine Schöpfung nicht im Chaos versinken sehen. Und mal ehrlich, ihr Menschen geht alles andere als sorgfältig mit diesem Planeten um. Ihr seid wie Kinder, ihr probiert einfach und überdenkt nicht euer Handeln. – Sicher hast du Fragen?", endete Erik abrupt.

Ich hatte wie gebannt gelauscht, fühlte mich ein bisschen schuldig und schämte mich beinahe für uns Menschen, wobei mir aufgefallen war, dass Erik sich scheinbar nicht dazu zählte. Aber das taten wir ja gern, die anderen kritisieren und vergessen, sich an die eigene Nase zu fassen.

Dann schob ich die Gefühle zur Seite und überlegte eine Weile. Was wollte mir Erik hier eigentlich weismachen?

In meiner Kindheit war ich christlich erzogen worden, hatte mich dann den Naturwissenschaften gewidmet und dieses Wissen genutzt, mir die Welt zu erklären. Religionen waren interessant, erklärten kulturelle Zusammenhänge, aber ich brauchte sie nicht. Jetzt kam Erik und tischte mir eine neue Weltanschauung auf!

Nein, mir gefiel meine Rolle als ungläubiger Thomas, so leicht konnte er mich nicht überzeugen. Und doch musste ich eingestehen, dass seine Geschichte meinen naturwissenschaftlichen Überlegungen ja gar nicht widersprach, bisher ergänzte er nur, wo die Wissenschaft offene Fragen hatte!

„Nehmen wir mal an, die Geschichte ist wahr ... dann bist du also kein Mensch, sondern ... ein Wesen aus *Asgard*, richtig?"

Asgard

Ein Wesen aus *Asgard*! Oh Mann, hatte ich das jetzt wirklich ausgesprochen?

Erik nickte, wie ich nicht anders erwartet hatte, als wäre das das Selbstverständlichste von der Welt.

Ich überlegte kurz und stotterte weiter: „Ähm ... du hast es nicht so mit Gefühlen, und Technik beherrscht du blind. Aber warum bist du dann jetzt hier, wenn euch ... das Menschsein untersagt ist?"

Wie aus der Pistole geschossen, kam die lapidare Antwort von ihm: „Ich bin eine Ausnahme."

Natürlich bist du das! Ich grinste leicht, doch Erik blieb weiter ernst.

„Ich werde seit Jahrhunderten immer dann eingesetzt, wenn *Midgard* einen Auftrag erteilt, weil es etwas gibt, was korrigiert werden soll. Sicher, da ist eine ganze Menge, was auf der Erde schiefläuft, aber das meiste davon hat gute Chancen, dass ihr das auch allein hinbekommt. Dann aber gibt es Dinge, die sollen einfach nicht sein, und da müssen wir korrigierend eingreifen."

Erik erhob sich und räumte den Tisch ab. Erstaunlich fand ich, dass er das so ruhig tat, während er mir so etwas Haarsträubendes auftischte.

„Zeitgleich mit einem Besucher aus *Asgard* soll immer ein Vertreter aus *Hel* in eure Welt kommen, um das Gleichgewicht zu wahren. Es hat eine Zeit gedauert, bis alle drei Mächte sich einig waren und dieses Abkommen über Besuche auf der Erde besiegelt hatten. Wir tauchen in euren Geschichten auf als Engel, Elfen, Dämonen, Hexen oder was auch immer. Wir sind gehalten, so wenig zu verändern oder aufzufallen, wie irgend möglich, aber eben so viel wie notwendig. Und das ist nicht so leicht, das kannst du mir glauben. Bei unseren Besuchen lassen wir häufig etwas von uns da, aber wir nehmen auch Erfahrungen mit. Über den menschlichen Körper kann ich sogar Gefühle wahrnehmen. Uns *Asgard*-Wesen sind Gefühle eigentlich fremd. Wir haben theoretisches Wissen darüber, aber wir zeigen normalerweise wenig Interesse daran. Wir sind der Meinung, dass Gefühle das logische Denken nur erschweren. Sie sind hinderlich und nicht effizient beim Erreichen von Zielen."

Auch hierzu hätte ich gerne einen spitzen Kommentar abgegeben. Für mich bedeuteten Gefühle Leben, und ich wusste, wie wichtig sie waren im Miteinander und welcher Motor sie sein konnten – zugegeben auch manchmal in destruktive Richtung. Trotzdem konnte ich mir nicht vorstellen, auf Gefühle zu verzichten.

Erik und ich sprachen diesbezüglich verschiedene Sprachen, und ich musste das akzeptieren. Statt eine wohl aussichtslose Grundsatzdiskussion zu beginnen, stand ich auf und ließ Wasser in das Spülbecken ein. Erik stellte sich dazu, mit einem Geschirrhandtuch in der Hand. Es war ein wenig absurd, hier mit einem … Was-auch-immer wie ein Paar Hausarbeit zu verrichten, während ich so Unglaubliches erzählt bekam, aber ich konnte nicht still dasitzen, sondern musste etwas tun.

„Was passiert mit den Besuchern aus *Asgard*, wenn sie dorthin zurückkehren? Du sagtest, dass auch ihr euch verändert, wenn ihr auf der Erde seid", wollte ich wissen.

„Wir Abgesandten verbringen jeweils nur kurze Zeit auf der Erde. Früher war das anders. Manche verbrachten mehr als ein Menschenleben hier und waren dann so verändert, dass wir es nicht mehr schafften, sie in unsere Gesellschaft zu integrieren. Wir schickten sie in die Verbannung. Unsere Lebensform basiert auf Logik, sie darf nicht durch Gefühle untergraben werden", konstatierte Erik, und es klang ein wenig wie einstudiert.

Ich nickte, als würde ich verstehen, und dachte, wie weit das, was er *Asgard* und *Hel* nannte, auseinanderliegen musste, wenn die Wesen, die zu viel Menschliches angenommen hatten, ausgestoßen werden mussten.

Dann fasste ich zusammen: „*Midgard* ist also die Materie oder der Körper, *Hel* die Seele beziehungsweise das Gefühl und *Asgard* das Wissen und dabei insbesondere die Logik? Richtig?"

Erik nickte, und ich ergänzte: „Du behauptest, ihr seid euch untereinander nicht einig, aber mutet den Menschen zu, alles in sich vereinen zu müssen! Es gibt sehr unterschiedliche Charaktere, die Anteile sind nicht immer gleich vertreten in jedem Individuum, nicht wahr?"

„Das stimmt", antwortete Erik. „Es gibt Menschen, die sind mehr von *Asgard* geprägt, andere haben mehr *Hel*-Anteil in sich, und es gibt auch Menschen, die eher *Midgard*-typisch sind. So, wie bei dir wahrscheinlich der *Hel*-Anteil überwiegt."

Das hätte er mir nicht sagen brauchen, denn ich hatte insgeheim schon überlegt, welche Seite in mir wohl stärker vertreten war. Nicht zufällig hatte ich mir einen Beruf gesucht, bei dem es vor allem um Gefühle ging.

„Sicher ist *Hel* stark in dir", fügte er hinzu.

Ich konnte in diesem Augenblick nicht umhin, mir Erik als Yoda aus dem Hollywoodklassiker „Krieg der Sterne" vorzustellen.

„Die Macht ist stark in dir, mein junger Yedi", hallte es durch meinen Kopf, und ich musste schmunzeln, was Erik zum Glück nicht bemerkte, da er sich gerade mit dem Abwischen des Tisches befasste. Da ich mir gern und häufig Filme ansah, passierte es nicht selten, dass sich plötzlich Szenen aus Filmen parallel zu den realen Situationen vor meinem inneren Auge abspielten. Es war dann manchmal schwer, ernst zu bleiben.

„Hin und wieder", ergänzte Erik, „führen diese Eigenschaften in einem Menschen auch zu Verwirrungen. Das kann so weit gehen, dass sie zum Beispiel zu dir in die Klinik kommen müssen oder ihre Seele aus eigenem Willen vor ihrer Zeit entlassen. Es mag dich erschrecken, Marla, aber so kommen wir Reisenden an einen Körper, den wir für die Zeit auf der Erde brauchen."

Ich starrte ihn an, hätte fast den Teller in meiner Hand fallen lassen und stammelte: „Willst du damit sagen, dein Körper ist der eines ... Selbstmörders?"

Ich war schockiert, als Erik dies ganz ruhig und mit ernstem Blick bejahte.

Seine Geschichte wurde immer haarsträubender, immer verrückter. Allein die Vorstellung, einem lebenden Toten gegenüberzusitzen, war schlichtweg gruselig. Und doch ... konnte das sein, war so etwas außerhalb von Filmen möglich? Wie konnte ich als erfahrene Psychologin mir eine solche Frage stellen?

Wieder rangen mein Kopf und mein Bauchgefühl nach einer möglichen Wahrheit. Mein Verstand suchte fieberhaft nach Widersprüchen in dem Lügengebäude, das Erik vor mir auftürmte. Aber ein anderer Teil in mir begann unerklärlicherweise, ihm zu glauben und in eine Welt zu folgen, die jenseits meiner bisherigen Vorstellung lag. Und dieser Teil ließ mich fragen:

„Daher stammen deine Narben? Weißt du, warum er es getan hat? Ich weiß, wir kommen vom eigentlichen Thema ab, aber es bewegt mich."

„Natürlich bewegt dich das", sagte Erik und setzte sich wieder. „Ich habe schon bemerkt, dass Menschen wie du oft als Heiler arbeiten und sich mit anderen Menschen beschäftigen, ihre Gefühle studieren. Manchmal sind sie auch Künstler, haben viel Fantasie. Die Seele, die diesen Körper bewohnte, war das auch. Er war Künstler, doch nicht sehr erfolgreich, und er konnte mit seinen Arbeiten nicht viel verdienen. Es gab eine Frau, für die er starke Gefühle empfand. Aber sie hat sich für einen anderen mit mehr Geld entschieden. Das hat ihm, wie ihr sagt, das Herz gebrochen."

„Woher willst du das wissen?", fragte ich verwundert und fand es befremdlich, wie sachlich

Erik die Lebensgeschichte des Mannes zusammenfasste, in dessen Körper er jetzt, wie er behauptete, steckte. Aber aus seiner Sicht wären Gefühle diesbezüglich wahrscheinlich ohnehin wieder nur Energieverschwendung gewesen.

„Seine Seele ist gegangen, aber seine Erinnerungen sind noch teilweise da, ich kann Teile davon sehen. Aber sie verblassen immer mehr", klärte Erik mich auf.

„Was passiert mit den Erinnerungen?", wollte ich von Erik wissen. Ich ließ mich weiter eher spielerisch auf die Erklärungen seiner Fantasiewelt ein. Er hatte auch hier sofort eine Antwort parat.

„Man könnte es so erklären: Erinnerungen sind im Gehirn gespeichert wie Daten auf der Festplatte eines Computers. Aber sie sind auch mit dem Gefühl verknüpft. Je stärker eine Erinnerung mit Gefühlen verbunden ist, desto besser merkt ihr sie euch, und dies sind auch die Gefühle, die ihr später mit nach *Hel* nehmt. Es wäre besser, wenn du dir das mal von einem Vertreter aus *Hel* erklären lassen könntest", sagte Erik mit todernster Miene.

Und ich dachte: Ja, klar, gleich morgen frag ich mal nach – wo die *Hel*-Typen doch haufenweise hier rumlaufen. Dass ich dazu früher als gedacht Gelegenheit bekommen würde, konnte ich zu diesem Zeitpunkt noch nicht ahnen.

„Über die Erinnerungen und die Signale des Körpers, in dem ich mich befinde, kann ich auch Gefühle wahrnehmen. Als ich dich vorhin im Badezimmer gesehen habe, habe ich auch starke Signale empfangen. Ich kann sie nur noch nicht richtig deuten …", erklärte Erik und schien dabei wieder irritiert und sehr bemüht, die Situation einzuordnen.

Ich konnte das Ganze deutlich besser deuten als er. Ich versuchte aber, die Erinnerung an sein Auftauchen im Bad nicht zu vertiefen, und unterbrach ihn: „Ich glaube, das ist jetzt nicht so wichtig! Das heißt ... du bist so was wie ein ... Zombie?", plapperte ich weiter und überlegte, ob ich ihn damit nicht beleidigt hatte, falls er überhaupt beleidigt sein konnte.

Erik überlegte kurz.

Ob er überhaupt wusste, was ein Zombie war?

„Nein, in dem Moment, in dem seine Seele in die Anderswelt ging, nahm ich ihren Platz ein. Dieser Körper hat nie aufgehört, zu atmen. *Midgard* stellt mir diesen Körper für die Dauer meines Auftrags zur Verfügung. Es ist aber, wie gesagt, gefährlich für mich, lange zu bleiben, sonst werde ich zu menschlich und könnte nicht mehr nach *Asgard* zurück."

Wir schwiegen einen Moment, und ich hatte Zeit, das Gesagte weiter sacken zu lassen.

Natürlich hatte Erik mich noch nicht überzeugt mit seiner überaus interessanten Geschichte. Wahnhaft kam Erik mir nicht vor, dazu sprach er viel zu geordnet. Zumeist fiel es mir schwer, psychotischen Patienten logisch folgen zu können, weil sie ständig in ihren Erzählungen hin und her sprangen oder sich widersprachen. Erik tat das nicht.

Und dann war da noch dieses Gefühl in mir, das immer stärker wurde und sich doch schon längst entschieden hatte, ihm zu glauben, diese unglaubliche Geschichte als wahr anzunehmen.

Eigentlich widersprach es meinem Verstand, und mein Kopf kämpfte noch dagegen an, aber ihm gingen die Gegenargumente aus.

Ich setzte mich zu Erik an den Tisch und sagte mit fester Stimme: „Ich brauche Beweise! Da waren zwar ein paar merkwürdige Dinge – wie die Geschichte mit deinem Blut und so –, aber es reicht mir nicht. Ich bin ein ungläubiger Thomas, und ich habe schließlich oft mit Menschen zu tun, die Störungen aufweisen und Behandlung brauchen. Deshalb ... ich muss mich irgendwie davon überzeugen können."

Erik starrte nachdenklich auf die Platte des Küchentisches, dann wandte er sich mir abrupt zu und murmelte ein wenig verschwörerisch: „Nun gut. Du sollst einen Beweis erhalten. Schau mir in die Augen, und beweg dich nicht!"

Irgendwie machte er mir wieder Angst, aber ich konnte seinem Blick schon nicht mehr ausweichen. Das strahlende Grün seiner Augen zog mich in einen Bann, und ich kam mir vor, als könnte ich mich nicht mehr bewegen. Einen kurzen Moment verharrten wir so, bis ich bemerkte, dass die Farbe seiner Augen sich veränderte. Sie wurden noch strahlender, und ein Leuchten ging von seinen Augen aus! Das gleiche Fluoreszieren, das auch Eriks Blut gezeigt hat, dachte ich. Es sah wunderschön aus.

Ich wollte etwas sagen, aber ich war wie in Trance. Das Leuchten schien mich einzuhüllen, nein, eher auszufüllen. Ich spürte Ruhe, Kraft und Wärme, und mein Geist fing an, Zusammenhänge klar und strukturiert vor sich zu sehen. Als würden sich alle Gedanken ordnen, wie ein Puzzle, dessen Teile sich ineinanderfügten.

Einsteins Relativitätstheorie kam mir nun wie ein simples Eins-plus-eins-macht-zwei vor, und ich kannte den Inhalt von Gedichten aus meiner Grundschulzeit, die ich längst vergessen glaubte. Erinnerungen an meinen dritten Geburtstag, als meine Eltern noch lebten, waren wieder präsent. Ich sah alles detailliert vor mir: das Gesicht meiner Mutter, die mir lächelnd und mit einem unglaublich liebevollen Ausdruck in ihrem Gesicht ein Geschenk überreichte. Alles war da, abrufbar in seiner ganzen Fülle, und doch schien mein Geist noch unterfordert und rief nach mehr Input.

Plötzlich wandte Erik sich ab und schloss seine Augen. Ich fühlte mich, als würde ich gerade aus einem Traum erwachen. Ich kniff kurz die Augen zusammen und schüttelte meinen Kopf, denn alles schien mir plötzlich wieder durcheinandergeraten und irgendwie vernebelt zu sein. Nach einem kurzen Moment hatte ich mich wieder an das übliche Chaos in meinem Kopf gewöhnt, aber ich war tief beeindruckt von dem, was Erik mir gezeigt hatte. Das schaffte nicht mal ein Meister der Hypnose, das war phänomenal, was Erik mit meinem Hirn gemacht hatte.

„Brauchst du noch ein paar ... Kunststückchen, damit du mir glauben kannst?", hörte ich Eriks Stimme.

„Nein, okay, das war recht ... beeindruckend. Belassen wir es dabei", stammelte ich.

Etwas in Eriks Stimme flößte mir Respekt ein. Es schien ihn angestrengt zu haben, das Chaos meiner

Gedanken und Gefühle zu ordnen. Ich wollte ihn nicht weiter herausfordern und fragte, um ihn vom Thema abzulenken: „Du hast nicht viel Zeit. Wirst du mir etwas mehr über deinen Auftrag mitteilen? Dann weiß ich vielleicht besser, ob und wie ich dir überhaupt helfen kann. Was hat es mit dem Kind auf sich? Weißt du, ich hab von einem Mädchen geträumt. Es hatte blaue Augen und sehr langes blondes Haar. Muss ja nichts zu bedeuten haben, aber es lag ein so weiser Ausdruck in ihren Augen, und ich hab sie noch nie vorher gesehen."

„Hat sie etwas gesagt?", unterbrach mich Erik neugierig, drehte sich zu mir um und fasste erwartungsvoll meine Hand. Wieder fühlte ich diese Wärme, die von ihm ausging. Er ließ mich jedoch gleich wieder los.

„Nur Danke", erwiderte ich. „Das war schon merkwürdig. Ich hab keine Idee, was und von wem ich da geträumt hab."

„Das könnte sie sein, und sie scheint Kontakt mit dir aufzunehmen. Sie ist ein *Hel*-Wesen, und du hast viel *Hel* in dir. Es ist trotzdem erstaunlich, dass die Kommunikation zwischen euch schon so gut funktioniert. Mehr hast du nicht gesehen?"

„Nur, dass sie in einem Wald stand", ergänzte ich.

„Ich brauche mehr Informationen!", rief Erik ungeduldig. „Ihr habt doch schon das Internet erfunden, weißt du, wie wir darankommen?"

„Also ich hab ein iPad in meiner Tasche, das schlepp ich immer mit mir rum. Warte, ich hol es, aber ich fürchte, dass wir hier keinen Empfang haben", schlug ich vor und lief in das Nebenzimmer.

Auf dem Weg dorthin schwankte ich etwas, musste mich kurz am Türrahmen abstützen, denn ich fühlte mich immer noch ein wenig benommen.

Meine Tasche hatte ich über die Jacke auf einem Stuhl gehängt, und sie sah ein bisschen ramponiert aus. Hoffentlich hatte das iPad keinen Schaden genommen. Ich schaltete es ein, gab das Passwort ein und … es hatte Empfang! Erik war mir gefolgt.

„Soll ich dir erklären, wie das Gerät funktioniert?", fragte ich.

Er sah mich mit einem süffisanten Lächeln an.

Ich kam mir vor, als hätte ich gefragt, ob ich ihm dabei helfen sollte, Bauklötzchen aufeinanderzustapeln. Erik nahm das iPad und legte los. Seine Finger tanzten in einem Eiltempo über die Tastatur. Mir wurde allein vom Zusehen wieder schwindelig, und ich beschloss, ihn besser in Ruhe zu lassen.

Ich ging in die Küche, um mir eine Tasse Tee zu kochen. Während ich auf das Wasser wartete, schaute ich gedankenverloren aus dem Fenster.

Es tat gut, mal ein wenig allein zu sein. Das war ein ziemlicher Film, der seit Tagen vor und mit mir ablief. Ein Traum konnte es nicht sein, so detailliert und lang. Wobei Träume einem immer deutlich länger vorkamen, als sie tatsächlich dauerten. Wenn man im Traum aus dem Bett fällt, dauert der Fall doch viel länger als in der Realität, überlegte ich, während mein Blick durch das Küchenfenster in die Ferne schweifte.

Ich schaute die Straße hinunter und glaubte, ein blaues Blitzen wahrzunehmen, war mir aber zunächst nicht sicher. Wahrscheinlich spielte mir mein Gehirn einen Streich. Doch wenig später meinte ich, auch eine Staubwolke in einiger Entfernung erkennen zu können. Angestrengt blickte ich in Richtung Staubwolke und konnte nun auch ein paar Fahrzeuge in ihr erkennen.

Polizei!, fuhr es mir in den Sinn. Einen Moment überlegte ich, ob ich Erik überhaupt warnen sollte, doch dann wandte ich mich um und rannte zu ihm.

„Sie haben uns gefunden", rief ich. „Was jetzt?"

Erik schaltete das iPad rasch ab, steckte es in die Tasche und schien dabei fieberhaft nachzudenken. Auch mein Hirn lief auf Hochtouren, und tatsächlich kam mir eine Idee.

„Geh!", ordnete ich an. „Versteck dich irgendwo im Haus. Ich stell mich schlafend und tu so, als hättest du mir irgendwas eingeflößt. Ich werd versuchen, sie glauben zu machen, du seist schon lange weg."

„Danke!", flüsterte Erik und nahm mich plötzlich in den Arm.

Das ist jetzt unerwartet und wahrscheinlich so gar nicht *Asgard*-Verhalten, dachte ich bei mir, aber ich fand die Berührung nicht unangenehm. Er löste sich von mir und war binnen Sekunden in den Keller verschwunden. Einen Moment stand ich irritiert da, dann legte ich mich auf das Sofa und versuchte, so ruhig wie möglich zu wirken, was nicht einfach war, denn mein Herz klopfte im Stakkatotempo. Unten im Keller vernahm ich noch ein paar Geräusche, dann war alles still im Haus.

Von draußen hörte ich die Motoren der Fahrzeuge und Bremsgeräusche in der Auffahrt.

Ich lauschte angestrengt. Dann drang Stimmengemurmel und ein Klopfen an der Tür in mein Ohr: „Aufmachen, Polizei!"

Ein paar Personen waren offenbar ums Haus herum gegangen und gelangten durch die Hintertür in den Korridor. Von dort aus stießen sie die Türen auf, und ich hörte: „Hier ist niemand!"

Schritte von schweren Stiefeln rumpelten durch den Flur, bis die Tür zu meinem Zimmer aufflog und eine männliche Stimme rief: „Hier ist sie!"

Jemand trat an das Sofa, rüttelte an meiner Schulter und sprach mich an. Ich tat so benommen, wie meine Aufregung es zuließ. Eigentlich war ich froh, dass sie da waren, aber ich hatte Angst vor dem, was kommen würde. Und ich wollte nicht, dass sie Erik fanden.

„Was ... ist ... los?", fragte ich gespielt stockend und öffnete langsam die Augen.

„Doktor Winter, sind Sie okay?", sprach mich ein Beamter, der mich fragend musterte, an.

Ich erklärte ihm, dass es mir bis auf die Benommenheit in meinem Kopf gut ginge und ich keine Verletzungen hätte.

„Mein Entführer ... er hat mir wohl etwas verabreicht. Er ... er ist ... sicher längst weg. Mit dem Wagen, der am Haus geparkt war ..." Ich räusperte mich und tat so, als würde ich versuchen, mich aufzusetzen. Der Beamte half mir.

Auf seine Frage, um welches Auto es sich gehandelt habe, antwortete ich, während ich den Kopf schüttelte: „Ein grünes ... irgendein älteres Modell, aber ich hab da nicht so drauf geachtet."

Die Polizisten, die mutmaßten, dass Erik bereits auf und davon wäre, durchsuchten das Haus wie gehofft wenig gründlich. Als ich sie im Keller hörte, wurde ich nervös, versuchte aber, es mir nicht anmerken zu lassen.

Einer der Beamten ärgerte sich darüber, dass in der Auffahrt Kies läge und man keine Reifenabdrücke sehen könnte.

Sein Kollege ergänzte in ebenfalls frustriertem Tonfall: „Frauen kennen sich immer so schlecht mit Autos aus. Verdammt! Jetzt wissen wir nicht mal, welches Fabrikat das Fluchtauto hat. Und nach einem grünen Auto zu fahnden – das weißt du ja auch –, ist, wie die Nadel im Heuhaufen zu suchen."

Trotzdem blieben die Beamten höflich und aufmerksam, stellten noch ein paar Fragen, die ich weiterhin mit wenig aufschlussreichen Angaben beantwortete. Irgendwann verließen wir das Haus, und sie nahmen mich zum Polizeirevier mit. Ich saß auf der Rückbank des Polizeiwagens und schaute mich noch einmal um, als wir die Auffahrt verließen.

Würde ich Erik je wiedersehen? Und würde ich je wieder in mein altes Leben zurückfinden können?

Unerwarteter Besuch

Die Befragung durch die Polizisten war mir unangenehm. Die beiden Beamten hatten ihre Rollen gut verteilt, und ich kannte das Spiel „böser Cop, guter Cop" aus dem Krankenhaus. Auch wir versuchten manchmal, mit einer Mischung aus Einschüchterung und Vertrauen an Informationen zu kommen, ohne die wir unsere Arbeit nicht weiterführen konnten.

Die Beamten, ein kleiner Dicker und ein sportlicher leicht Hyperaktiver, waren ungemein geübt darin, und ich musste achtgeben, nichts zu sagen, was Erik oder mir schaden konnte. Sie befragten mich zwar als Zeugin und Opfer in einem Entführungsfall. Ich hatte aber manchmal das Gefühl – oder war es nur eine Form meines nicht ganz guten Gewissens –, sie waren überzeugt davon, dass ich nicht alles sagte, was ich wusste.

Für mich war das Gespräch sehr anstrengend. Ich bemühte mich fortwährend, konzentriert zu bleiben. Ein paar Mal machte ich Angaben, die die Beamten auf eine falsche Fährte führen sollten, und dann wies ich nett darauf hin, dass ich keine Aussage ohne meinen Anwalt machen musse. Es ginge schließlich auch um meinen Beruf. Und da ich sonst recht kooperativ erschien, zeigten die beiden Herren bald Verständnis und beendeten ihr Verhör.

Sie überlegten noch, einen Polizeipsychologen hinzuzuziehen, und ich machte ihnen weis, dass ich das für eine gute Idee halten würde, bat aber auch darum, die weiteren Gespräche zu vertagen.

„Frau Doktor, Sie werden von uns hören. Vorübergehend wird zu Ihrem Schutz ein Wachmann vor Ihrer Wohnung postiert werden", waren die abschließenden Worte des dicken Polizeibeamten.

Ich nickte nur. Sollten sie doch. Ich ging nicht davon aus, dass Erik so ohne Weiteres bei mir hereinspazieren würde.

Gleich im Anschluss begab ich mich noch in die Klinik, in der ich bisher gearbeitet hatte, und es folgte ein weiteres, unangenehmeres Gespräch, diesmal mit meinem Chefarzt. Eigentlich sehnte ich mich nach der Befragung bei der Polizei nur noch nach Ruhe, aber ich wollte auch diese Angelegenheit noch hinter mich bringen.

Als ich in sein Zimmer trat, saß er in seinem Bürosessel am Schreibtisch, der wie immer chaotisch aussah. Akten, Medikamentenpackungen, Fotos und Büroartikel waren kreuz und quer auf der Glasplatte verteilt und türmten sich teilweise zu beachtlichen Stapeln, die den Gesetzen der Physik zu trotzen schienen.

Doktor Blumberg war ein drahtiger Endsechziger und schien immer ein wenig hyperaktiv. Er sprang von seinem Sitz auf und begrüßte mich: „Ah, Frau Kollegin, schön, Sie wiederzusehen. Wir hatten uns wirklich Sorgen gemacht um Sie. Wie geht es Ihnen?"

„Danke der Nachfrage, es geht mir den Umständen entsprechend, ich brauche nur ein wenig Ruhe", antwortete ich.

Er bot mir einen Platz an und setzte sich selbst wieder. Ich merkte, dass er höflich sein wollte, aber hoffte, dass das Gespräch nicht lange dauern würde.

Nach einigen weiteren allgemeinen Floskeln teilte mein Chef mir mit: „Frau Winter, ich hoffe, Sie verstehen, dass ich Sie vorerst vom Dienst freistellen muss, bis man überprüft hat, ob Ihnen ein Kunstfehler unterlaufen ist? Ein paar freie Tage werden Ihnen sicher guttun, und wir können uns dann ja später noch über den Vorfall unterhalten und überlegen, was zu tun ist. Ich schätze Ihre Arbeit sehr und hoffe, dass wir das alles möglichst bald bereinigen können."

Meinem Chef war anzumerken, dass er noch nicht recht wusste, was er von der ganzen Situation halten und wie er sich mir gegenüber verhalten sollte. Gewöhnlich stand er zu seinen Mitarbeitern, aber er musste auch das Wohl seiner Abteilung und des Krankenhauses im Blick behalten.

Sicher ging der Vorfall schon durch die Presse: *Irrer mithilfe der behandelnden Ärztin aus Psychiatrie entkommen. Ist die Bevölkerung noch sicher?* So oder ähnlich würde es zu lesen sein. Wenn etwas vermeintlich schief gegangen war in der Psychiatrie, dann wurden die Kliniken sofort zum Thema gemacht. Die tausend Mal, in denen es gut ging, waren keine Zeile wert. So war es eben, und ich konnte es weder den Reportern noch den Lesern verübeln. Ich wusste ja selbst noch nicht, welche Auswirkungen meine Tat haben würde.

Mein Chef tat mir sogar ein wenig leid, wie bemüht er war, die richtigen Worte zu finden und wie er dabei unruhig auf seinem Stuhl hin und her rutschte. Ich machte es ihm nicht schwerer als nötig, versuchte, formell zu bleiben, obwohl es für mich um sehr viel ging.

„Natürlich, Herr Blumberg, das verstehe ich. Ein paar Tage Auszeit kann ich auf jeden Fall gebrauchen. Im Moment bin ich noch sehr durcheinander. Danke für Ihr Verständnis."

Er begleitete mich zur Tür, wir verabschiedeten uns höflich, und er schien erleichtert, als ich sein Chefzimmer verließ. Und ich wollte nur noch nach Hause!

Doch Mira fing mich vor dem Krankenhaus noch ab, um mir mitzuteilen, wie leid ihr alles täte. Man hätte inzwischen herausgefunden, dass der Patient schon länger wegen Depressionen in der Nachbarklinik behandelt worden sei. Er hätte sich dort entgegen eines ärztlichen Rates entlassen lassen und sei zur ambulanten Weiterbehandlung nicht erschienen. Bis zur Aufnahme in unserer Klinik sei er nicht mehr auffindbar gewesen.

„Hätte Markus besser recherchiert, wäre der Patient Sommer – eigentlich heißt er ja Ehrenberg – schon längst in die andere Klinik verlegt gewesen. Dann hätte es diesen Nachtdienst so nie gegeben. Mann, dann wäre uns einiges erspart geblieben ... ähm ... besonders dir", ergänzte sie.

Diese Informationen hatte mir Doktor Blumberg nicht gegeben, obwohl sie überaus interessant für mich waren.

Und wieder bekam mein innerlicher Kampf Futter:

Bedeutete dies nicht, dass Erik eigentlich der Patient Ehrenberg war? Ein Patient, der sich schon lange in psychiatrischer Behandlung befand und mir eine hanebüchene Geschichte erzählt hatte und sich darauf verstand, Menschen zu manipulieren?

Oder untermauerte dies Eriks Geschichte von dem jungen Mann, der sich aus Liebeskummer das Leben genommen hatte, und ganz offensichtlich schon längere Zeit damit gerungen hatte und deshalb psychisch auffällig gewesen war?

Mir blieb nicht viel Zeit, in meinem inneren Dialog fortzufahren, denn Mira ergänzte noch: „Übrigens, Markus hat gleich wieder gekündigt. Ist das nicht merkwürdig? Dabei hat er sich darüber aufgeregt, in einem Haus, in dem so schlampig gearbeitet würde, könnte er nicht tätig sein. Pah, schlampig – woher will er denn das wissen, wo er gerade mal eine Woche dagewesen ist? Der hatte sicher einen anderen Grund!"

Das passt zu Eriks Geschichte!, dachte ich bei mir und erklärte Mira, dass ich nun nach Hause müsse, und verabschiedete mich. Ich versprach ihr, sie auf dem Laufenden zu halten und mich zu melden.

„Wenn du irgendetwas brauchst, dann gib mir Bescheid. Ich kann dich gut leiden, und irgendwie glaub ich, ich hab dich da in den Schlamassel reingezogen", gab Mira ein bisschen kleinlaut von sich und meinte dies offenbar nicht nur als floskelhafte Nettigkeit, was ich rührend fand.

„Das ist wirklich nett! Mach dir keine Vorwürfe, ich trage die Verantwortung. Auf bald!", sagte ich und verließ das Klinikgelände.

Endlich war ich zu Hause angekommen und schloss die Tür zu meiner kleinen Stadtwohnung, die im fünften Stock lag, auf. Ich warf Tasche und Jacke auf den Boden im Flur und ließ mich im Wohnzimmer auf einen Sessel fallen.

Nicht lange, da schlichen die Nachbarkatzen auf meinem Balkon umher. Sie mussten bemerkt haben, dass ich wieder da war. Die beiden graugetigerten Hauskatzen gehörten meinem Nachbarn, einem älteren Witwer. Die Katzen konnten über eine kleine Brücke von seinem Balkon auf meinen klettern und taten dies für gewöhnlich gern.

Ich liebte Katzen, hatte mir aber in einer Stadtwohnung keine anschaffen wollen. Nun hatte ich praktisch doch welche. Ich öffnete die Balkontür, aber die beiden wollten nicht wie sonst gleich in meine Wohnung. Anscheinend mussten sie mir erst einmal deutlich machen, dass sie meine längere Abwesenheit missbilligten. Nach ein paar Leckerlis war der Gram vergessen, und ich saß wenig später mit einer Tasse Tee und zwei schnurrenden Haustigern am flackernden Kaminofen.

Langsam fiel die Unruhe der letzten Tage von mir ab. Ich nahm mein Tagebuch zur Hand und begann, aufzuschreiben, was ich erlebt hatte. Es half mir, meine Gedanken zu ordnen.

Gerade als ich am Eindösen war, klingelte es an der Tür. Nachdem ich durch den Türspion gespäht hatte, öffnete ich meinem guten Freund Christian. Neben ihm stand der Polizeibeamte, der zu meinem Schutz – oder aber, um mich zu bewachen – vor meinem Haus in seinem Auto gewartet hatte und überprüfte, wer mein Besucher war. Nachdem ich dem Beamten versichert hatte, dass Christian keine Gefahr bedeutete, ging er die Treppe wieder hinunter, um zu seinem Auto zurückzukehren, und Christian trat in meine Wohnung.

Er nahm mich in den Arm und sagte: „Marla, Marla, da hast du dich ja ganz schön in was reinreißen lassen."

„Ah, haben die Buschtrommeln dich schon informiert? Woher weißt du von meinen Schwierigkeiten?"

„Dein Chef hat sich an meinen Kollegen gewandt, weil er ihn gegebenenfalls juristisch vertreten soll, wenn es zu Problemen für die Klinik kommt. Mein Kollege hat mir dann alles erzählt, weil er weiß, dass wir befreundet sind."

Ich hatte Christian vor einigen Jahren auf einer Studentenfeier kennengelernt. Er war damals als Jurastudent auf eine unserer legendären Medizinerpartys gekommen. Nach ein paar Drinks zu viel hatte ich ihm einen Kuss gegeben, der bei ihm mehr ausgelöst hatte als bei mir. Ich fand ihn sympathisch, aber der Kuss sagte mir, dass es zu einem zweiten und zu mehr als guter Freundschaft nicht kommen würde. Christian bemühte sich eine Weile sehr um mich und akzeptierte dann unsere Freundschaft, aber ich spürte, dass er nie aufgehört hatte, mich zu lieben.

„Ich weiß gar nichts mehr, Christian, ich bin so durcheinander. Es tut aber gut, dass du hier bist."

Wir redeten eine Weile, ich bot ihm eine Tasse Tee und er mir seine juristische Unterstützung an. Aber ich wollte nicht in seiner Schuld stehen.

„Glaub mir, Christian, ich brauch deine Unterstützung nicht. Aber trotzdem danke, es ist ganz lieb von dir."

„Marla, du weißt aber schon, dass du keinen besseren Anwalt als mich finden wirst?", gab er mit einem spöttischen Unterton zurück und ergänzte dann: „Im Ernst, Marla, ohne juristischen Beistand wirst du aus der Sache nicht gut rauskommen, fürchte ich."

„Du hast wahrscheinlich recht. Ich werd es mir überlegen und mich dann bei dir melden."

Christian schien noch viele Fragen zu haben, doch als er merkte, wie erschöpft ich war, stand er auf. „Ich werde mal ein wenig Paragraphen wälzen. Du bist ja hier erst einmal gut aufgehoben mit deinem Bodyguard vor der Tür. Hoffentlich kriegt die Presse nicht spitz, wo du wohnst, denn dann stehen da unten noch ein paar mehr Leute. Ich melde mich morgen, okay? Wenn was ist, ruf an!"

Ich bedankte mich, er nahm mich noch einmal in den Arm und verließ danach meine Wohnung.

Gerade hatte ich mich in meine Kuscheldecke gehüllt, da läutete es erneut an der Tür. Verdammt, warum ließ man mich nicht in Ruhe? Langsam war ich gereizt, denn auch gut gemeinte Besuche waren mir jetzt zu viel.

Ich raffte mich wieder auf und ging zur Tür. Da ich davon ausging, dass Christian noch etwas vergessen hätte, öffnete ich arglos die Tür und erschrak: Markus stand davor und funkelte mich wütend an. Ich wollte sie sofort wieder schließen, aber er hatte bereits einen Fuß in den Rahmen gestellt.

„Begrüßt man so einen ehemaligen Kollegen?", fragte er mit übertrieben süßem Tonfall in seiner Stimme.

„Okay, was willst du?", fuhr ich ihn an und versuchte, so selbstsicher wie möglich zu klingen, obwohl ich riesige Angst vor ihm hatte.

„Wo ist er?", entgegnete er barsch und schob die Tür ein bisschen weiter auf.

Ich versuchte, mit meinem Körper dagegenzuhalten.

„Ich hab keine Ahnung! Das hab ich der Polizei schon gesagt. Glaub mir, ich würde diesen Irren auch gern hinter Schloss und Riegel wissen. Er hat mich entführt!", versuchte ich, Markus meine Wut und Entrüstung vorzuspielen, und es war ja auch nicht ganz gelogen. Dabei klopfte mein Herz bis zum Hals, meine Hände waren ganz verschwitzt.

„So, hat er das? Oder hast du ihm nicht vielmehr geholfen, zu fliehen?", gab er lauernd zurück.

„Was für ein Schwachsinn! Ich wollte ihn verlegen, weil ich mir Sorgen gemacht hab, und ..."

„Das kauf ich dir nicht ab! Was hat er dir erzählt?", schnauzte Markus mich an und stieß dabei die Tür ganz auf.

Ich wich etwas zurück, ließ ihn aber nicht herein.

„Wie bist du eigentlich an dem Beamten unten vorbeigekommen?", versuchte ich, vom Thema abzulenken, und hoffte dabei, dass er nicht mitbekam, wie ich zitterte.

„Och, den kenne ich vom Krankenhaus her. Der war bei den Befragungen dabei, als wir erklären mussten, wie uns ein gefährlicher Irrer entwischen konnte. Und jetzt sag mir, was du weißt!", fuhr er mich an.

„Verlass sofort meine Wohnung!", schrie ich zurück und hörte, wie sich nebenan eine Wohnungstür öffnete.

„Brauchen Sie Hilfe, Frau Doktor? Da unten steht ein Schutzmann, den könnte ich heraufwinken", erklärte mein Katzennachbar und sah Markus fragend an.

„Äh, nein, das wird nicht nötig sein, es handelt sich um ein Missverständnis. Ich wollte ohnehin gerade gehen", erklärte er dem alten Herrn in gespielt charmanten Tonfall.

Markus wandte sich noch einmal zu mir und raunte: „Wir sehen uns wieder, *Frau Kollegin*!" Er zupfte seine Jacke zurecht und ging die Treppe hinunter in Richtung Haustür.

„Wirklich alles in Ordnung, Frau Doktor?", fragte der alte Mann besorgt.

„Alles in Ordnung, vielen Dank", sagte ich und versuchte, ihn anzulächeln.

„Ja, manchmal ist auch ein alter Herr wie ich noch zu etwas nütze", erklärte er verschmitzt und lächelte.

„Das sind Sie!", versicherte ich ihm und ging in meine Wohnung.

Ich schloss zweimal ab und legte die Kette vor. Dann rief ich den Polizisten unten am Haus an – ich hatte für Notfälle seine Nummer – und erklärte ihm, dass er Markus auf keinen Fall mehr zu mir hochlassen sollte. Der Beamte entschuldigte sich, dass er die Situation falsch gedeutet hätte, und ich beruhigte ihn, dass er das ja nicht hätte wissen können.

Dann ging ich wieder ins Wohnzimmer zurück. Ich zitterte jetzt am ganzen Körper. Unerwartet schossen mir Tränen in die Augen. Der ganze Stress und die emotionalen Achterbahnen, die ich in den letzten Stunden erlebt hatte, zollten ihren Tribut. Ich ließ mich auf das Sofa sinken und unterdrückte die Tränen nicht, sondern ließ allem freien Lauf, bis ich mich müde geweint hatte und zwischen den Katzen auf dem Sofa endlich einschlief.

Und ich träumte wieder einen seltsamen Traum:

Das Mädchen mit den blonden Haaren, das ich nun schon aus meinem vorherigen Traum kannte, stand allein am Ufer des kleinen Waldsees und blickte über die spiegelglatte Oberfläche des Wassers. Die Bäume rings um den See waren weiß vom Raureif und glitzerten. Ich beobachtete die Szenerie irgendwie von oben, schien diesmal ein Stück weiter entfernt verborgen im Geäst der Bäume zu sein.

Das Mädchen hob langsam seine Arme, spreizte die Finger und ließ Hände und Arme dann parallel zur Wasseroberfläche verharren. Es schloss die Augen und begann, melodisch vor sich hin zu reden in einer Sprache, die mir nicht bekannt war. Vielleicht war es auch gar keine Sprache, sondern eine Abfolge von Lauten, die mal weich, beinahe lallend, dann kehlig oder zischend klangen. Es klang fremdartig und doch auch irgendwie vertraut.

Alles war ruhig und friedlich, und zunächst passierte nichts weiter. Doch dann fing das Wasser in der Mitte des Sees an, sich zu kräuseln.

Kreisförmige Wellen trieben ans Ufer. Aus dem Kräuseln wurde ein Brodeln, und nach ein paar Minuten schien es, als würde ein kleiner Strudel entstehen. Ich war gespannt, was nun passieren würde, als ich hörte, wie es am gegenüberliegenden Ufer im Geäst knackte.

Auch das Mädchen hatte die Geräusche wahrgenommen. Es öffnete die Augen und ließ die Hände sinken, woraufhin sich das Wasser wieder beruhigte. Die Kleine stand still da und beobachtete das Ufer gegenüber.

Drei Gestalten traten aus dem Dunkel des Dickichts heraus. Sie hoben sich kaum von ihrer Umgebung ab, denn sie waren dunkel gekleidet, selbst ihre Gesichter wirkten schwarz, da sie die Kapuzen tief ins Gesicht gezogen hatten. Der Statur nach waren alle drei Männer. Der eine von ihnen hatte beachtliche Körpermaße: groß und breitschultrig. Die anderen beiden waren normal groß.

Langsam schritten sie aus dem Dunkel heraus ans Ufer des Sees, begannen, diesen zu umrunden, und gingen dabei geradewegs auf das Mädchen zu. Dieses verfolgte die drei Gestalten mit den Augen und blieb ansonsten reglos stehen.

Sie waren etwa auf zehn Meter an das kleine Mädchen herangetreten, als einer von ihnen sprach: „He, Kleine, hast du dich verlaufen? So allein im Wald – sollen wir dir helfen?"

„Ich weiß nicht ... Bleibt bitte stehen!", antwortete die kleine Gestalt mit einer glockenhellen Stimme.

„Na, na, keine Angst! Wir tun dir nichts", erklärte ein anderer Mann schnell.

Plötzlich machte es „Klick" in meinem Hirn: Ich kannte diese Stimme. Markus!, durchfuhr es mich. Ohne weiter nachzudenken, rief ich: „Lauf, Kleine, lauf weg, schnell!"

Die drei Typen sahen sich entgeistert um, weil sie nicht wussten, woher meine Stimme kam. Der Hüne hatte wie automatisch ein Schwert gezogen und hielt es vor sich.

Das Mädchen, das mich offensichtlich ebenfalls gehört hatte, reagierte blitzschnell und verschwand in einer Geschwindigkeit im Unterholz, die ich ihr gar nicht zugetraut hatte.

„Verdammt!", hörte ich wieder Markus' Stimme. „Ich weiß, wer du bist!" Und er fuhr mit einer verschwörerischen Stimme fort: „ Marla, Marla, du hättest dich nicht wieder einmischen sollen. Das ist nicht dein Spiel. Wo steckst du? Zeig dich!", herrschte er mich an.

Ich verharrte ganz ruhig, wagte kaum zu atmen, während mir mein Herz bis zum Hals schlug. Erst jetzt begann ich, mehr auf mich zu achten, wo ich mich befand, was ich wahrnahm.

Die drei Gestalten pirschten sich langsam in Richtung des Baumes, auf dem ich mich befand.

Was soll ich tun? Ich kann hier nicht weg!, überlegte ich fieberhaft. Sie kamen näher und näher, und ich fühlte, dass das hier ernst war.

Oh bitte, jemand muss mir doch helfen! Erik! Erik, was soll ich tun?!, rief ich innerlich.

In diesem Moment drang ein merkwürdiges Geräusch in meine Ohren. Es klang, als würde etwas auf Glas fallen. Es lenkte meine Aufmerksamkeit fort aus der Situation. Die drei Gestalten verschwammen, ihre Stimmen hörte ich nur noch gedämpft, die ganze Szenerie verschwand wie in einem dichten Nebel. Immer wieder hörte ich das Geräusch, bis ich die Augen öffnete und an die Decke meines Wohnzimmers schaute.

Es war nur ein Traum!, dachte ich erleichtert. Aber ein verdammt realistischer!

Mit einem Schwung saß ich kerzengerade auf dem Sofa. Mein Herz raste immer noch. Ich wischte meine verschwitzten Hände an der Decke ab. Ich blickte auf die Uhr: Ich hatte fast zehn Stunden geschlafen!

Wieder dieses Geräusch. Es kam eindeutig vom Fenster her. Ich trat darauf zu, schob den Vorhang ein wenig beiseite und spähte hinaus.

Unten im Garten stand ... Erik! Er wollte gerade ein weiteres Steinchen gegen mein Fenster werfen, als er mich sah. Er hielt inne, lächelte und bedeutete mir, das Fenster zu öffnen.

Ich zögerte, war wieder hin- und hergerissen. Eigentlich wollte ich doch meine Ruhe haben, um irgendwie in mein altes Leben zurückzufinden. Aber Markus' Besuch und mein Traum zeigten mir sehr deutlich, dass ich aus der Sache ohnehin nicht so einfach herauszukommen schien.

Und dann war da noch ein anderes Gefühl in mir: Ich war unheimlich froh darüber, Erik wiederzusehen! Tatsächlich hatte ich ihn vermisst, und als er mir von da unten im Garten zuwinkte, begann das Gefühl, wie ein Schwarm Schmetterlinge durch meinen Körper zu flattern. Ich fühlte mich wie ein kleines Mädchen, dessen Schwarm gerade vor dem Fenster stand und dessen Eltern nichts von dem Besuch wissen durften. Verrückt!

Ganz ruhig! Es geht nicht um dich, er braucht sicher wieder irgendwie Hilfe, sagte ich zu mir. Ständig löste er diese widersprüchlichen Gefühle in mir aus.

Als ich das Fenster öffnete, wollte ich fragen, was los sei, aber Erik legte den Zeigefinger auf die Lippen und bedeutete mir so, zu schweigen. Dann kletterte er behände das Fallrohr der Regenrinne zu meinem Fenster hinauf.

Ist ja frech! Ob ich das Fenster einfach wieder schließen soll?, überlegte ich. Dann fiel mir auf, dass ich im fünften Stock wohnte und es sogar lebensgefährlich bis unmöglich war, was er da tat. Aber da Erik schon auf dem Balkon angelangt war, waren weitere Überlegungen müßig. Gleich darauf stand er in meinem Wohnzimmer und sah mich wieder mit seinem durchdringenden Blick an.

„Hi!", sagte er und lächelte mich an.

Und was für ein Lächeln das war! Mein Körper elektrisierte, und ich sagte ebenfalls nur: „Hi!"

Adrenalin durchströmte meinen Körper. Ach was, Adrenalin, es sind Schmetterlinge!, beschloss ich gerade, als Erik mich einfach in seine Arme nahm. Ohne Widerstand schmiegte ich mich an ihn und fühlte mich unglaublich sicher. Seine Wärme durchflutete mich, und ich verlor das Zeitgefühl. Mir war plötzlich alles egal!

Nach einer gefühlten Ewigkeit flüsterte Erik: „Es fühlt sich merkwürdig gut an, dich zu halten."

Und ich antwortete nur: „Ich hab dich vermisst!"

Erik schaute mich einen Moment eindringlich an, brachte sein Gesicht näher an meines, schloss die Augen, und dann ... dann berührten seine Lippen die meinen. Der Kuss brachte noch mehr Schmetterlinge in mir zum Fliegen, und mein Hirn schien in den Stand-by-Modus zu schalten.

„Warte ... halt ... stopp!", stotterte Erik plötzlich und drückte sich ein Stück von mir weg.

Mein Hirn schaltete sich wieder ein, und ich fragte irritiert: „Was ... was ist los?"

„Das ist unglaublich stark ... dieses Gefühl. Es fühlt sich so angenehm an, aber ich ... ich darf das nicht tun. Ich weiß, wozu es führen kann, und das ist ... verboten", schien er mehr sich selbst als mich überzeugen zu wollen.

Er drehte sich weg, als würde eine Gefahr von mir ausgehen, und ich fühlte mich ganz seltsam. Eben noch schien Erik mir – von Gefühlen überwältigt – ganz nahe sein zu wollen, von Gefühlen, die ich bei ihm nicht erwartet hätte, und dann stößt er mich weg?

„Es tut mir leid, aber hab ich irgendwas falsch gemacht? Ich meine, *du* hast doch ...", wollte ich gerade erklären, als Erik mir ins Wort fiel.

„... nein, nein, es ist meine Schuld, ich habe irgendwie die Kontrolle verloren. Es war so schön, dich wiederzusehen, aber es ist gefährlich für mich. Ich kann Gefühle wahrnehmen und versuchen, sie zu kontrollieren, sie sind aber schwer logisch nachvollziehbar."

„Na ja, du hast dich doch eben ganz gut kontrolliert", sagte ich und klang, ohne es zu wollen, ein wenig enttäuscht.

Wir standen eine kleine Weile schweigend im Zimmer, dann begann ich, um vom Thema abzulenken, von meinem Traum zu erzählen.

Erik hörte mir interessiert zu und sagte dann: „Das ist erstaunlich, du hast *Hel*-Fähigkeiten, die nur wenige Menschen haben. Du kannst im Traum an andere Orte wandern."

„Wie bitte soll das denn funktionieren", fragte ich irritiert.

„Marla, du bist nicht physisch dort gewesen, daher konnten sie dich nicht sehen, aber deine Präsenz fühlen. Und ihr konntet sogar miteinander kommunizieren. Ich nehme an, dass das Mädchen deine Fähigkeiten verstärkt. Ihr habt eine erstaunlich starke Verbindung", erklärte mir Erik.

„Das klingt ja spannend! Wie kann ich diese Fähigkeiten denn noch verbessern? Und hab ich noch andere?", wollte ich neugierig wissen.

„Nein, Marla, und strebe nicht danach! Du bist ein Mensch und sollst es bleiben. Erzähle mir lieber von dem Ort, an dem du sie gesehen hast. Kam er dir irgendwie bekannt vor?", antwortete Erik stattdessen.

„Du meinst, der Ort aus meinem Traum ist real?", fragte ich skeptisch.

„Ja, davon gehe ich aus", erklärte Erik.

Ich schritt nachdenklich zum Sofa und setzte mich darauf. Eine der beiden Katzen sprang auf meinen Schoss, und ich fuhr mit meinen Fingern durch ihr weiches Fell, woraufhin sie in wohliges Schnurren verfiel.

Erik setzte sich daneben, was der Katze nicht zu behagen schien. Sie legte die Ohren nach hinten und beäugte ihn misstrauisch. Als er sie ebenfalls zu streicheln versuchte, versetzte die Katze Erik blitzschnell einen Hieb mit der Pranke, fauchte und sprang von meinem Schoss, um gleich darauf unter dem Bücherregal Schutz zu suchen.

„Was war das jetzt?", fragte ich Erik, aber der schien ebenso irritiert. „Die ist sonst eigentlich ganz verschmust. Keine Ahnung, warum ... oh, die hat dich ja ganz schön erwischt."

An Eriks Unterarm waren deutliche Kratzspuren zu sehen, aus denen sogar ein paar Blutstropfen quollen, die in der mir inzwischen gewohnten Art kurz fluoreszierten.

„Ach, das ist nichts", sagte Erik und überlegte kurz. „Bei der Gelegenheit kann ich dir aber noch einen kleinen Trick von mir zeigen. Schau mal!"

Erik deutete auf die Wunden.

Erst fand ich nichts Ungewöhnliches, dann bemerkte ich eine Veränderung der Kratzspuren. Binnen Minuten veränderten sich die Wunden: Die Wundränder schlossen sich, und die Rötung verschwand. Erik wischte das getrocknete Blut weg, und darunter war nur bei genauestem Hinsehen eine feine weiße Linie, gleich der einer gut verheilten alten Narbe, zu erkennen.

Ich sah abwechselnd auf die Narbe und in Eriks Gesicht und fragte schließlich irritiert: „Du hast also eine wirklich verblüffend schnelle Wundheilung, und das ist noch eine deiner Fähigkeiten, nehme ich an?"

„Korrekt, ich kann die Heilungsprozesse im menschlichen Körper – sagen wir mal – *optimieren*. Das funktioniert natürlich nur in einem gewissen

Rahmen, aber es ist eine nützliche Sache", erklärte Erik beiläufig.

Ich fand es alles andere als nebensächlich. Vor allem als Ärztin war ich fasziniert von der Idee, dass ein Körper sich auf diese erstaunliche Art heilen konnte. Scheinbar schienen wir die Anlagen zu einer rapiden Selbstheilung in uns zu tragen. Unsere Wundheilung war ja ohnehin ein kleines Wunder, aber die Geschwindigkeit, die Eriks Wundheilung zeigte, war ein deutlich größeres Wunder. Vielleicht hatte es auch etwas mit seinem besonderen Blut zu tun. Wie gern hätte ich ihn darüber ausgefragt, wie wir diese Fähigkeit optimieren könnten, aber ich war mir sicher, dass er es mir nicht sagen oder ich es vielleicht auch nicht verstehen würde.

„Das glaub ich gern", antwortete ich stattdessen. „Nebenbei bemerkt: Ist es auch eine *optimierte* Ausnutzung der Fähigkeiten des menschlichen Körpers, wenn man mal eben in den fünften Stock eines Hauses hinaufklettert, als würde man spazieren gehen?"

Zuvor war ich, quasi im Eifer des Gefechts, nicht darauf eingegangen, aber jetzt fiel mir wieder ein, wie behände Erik die Fassade erklommen hatte. Spiderman hätte neben ihm alt ausgesehen.

Erik lächelte. „Ja, das kann man so sagen. Man muss gar nicht unbedingt muskelbepackt sein. Anatomische und physikalische Kenntnisse reichen bei einem gut trainierten Körper völlig aus. Und dieser Körper ist ganz gut trainiert", ergänzte er noch, was ich natürlich schon längst zur Kenntnis genommen hatte.

Um mich vom Thema *menschliche Anatomie* und besonders von der Eriks abzulenken, redete ich weiter von meinem Traum: „Weißt du, Erik, mir ist gerade eingefallen, dass ich den Ort aus meinem Traum doch kennen könnte. Es gibt etwas nördlich von hier einen Wald, und mittendrin liegt ein kleiner Waldsee. Ich war vor Jahren dort mit ein paar Freunden schwimmen. Ist schön da und ganz ruhig, wie in meinem Traum."

„Wir sollten keine Zeit verlieren und uns dort gleich mal umsehen!", schlug Erik sofort vor.

„Darf ich dich daran erinnern, dass vor meiner Tür ein Polizist steht. Wie sollen wir unbemerkt zum Auto gelangen?", fragte ich ihn.

„Du holst das Auto, ich gehe den Weg, den ich gekommen bin, und steige dann an der nächsten Kreuzung zu dir ins Fahrzeug", erklärte er, und schon war er auf dem Balkon. Er hielt noch einmal kurz inne und fragte: „Wir sehen uns doch gleich unten?"

Es klang ein wenig Mitleid in seiner Frage mit. Wahrscheinlich war ihm aufgefallen, dass ich erschöpft war und mal eine Pause gebraucht hätte.

Ich versuchte, tapfer zu klingen: „Ja, werden wir. Du kannst dich auf mich verlassen."

Er lächelte, und schon war er verschwunden. Ich schloss die Balkontür und lief in den Flur. In aller Eile zog ich mir Schuhe und Jacke an und verabschiedete mich von den Katzen. Schon wieder war ich unterwegs, und ich wollte die beiden Tierchen nicht aus der Wohnung werfen, aber sie konnten später selbstständig durch die Katzenklappe hinaus. Ich nahm den Autoschlüssel von der Kommode im Flur und angelte eine Wasserflasche aus der Getränkekiste daneben, dann verließ ich im Eiltempo die Wohnung.

Der See

Auf dem Weg die Treppe hinunter schoss mir der Gedanke durch den Kopf, ob der Polizist wohl zu meinem Schutz da war oder nicht viel eher, um mich zu beschatten. Ich trat ins Freie, klopfte an die Fensterscheibe des Wagens und sprach den Beamten an: „Sie können erst einmal Pause machen. Ich werde für eine Stunde zu einer Freundin fahren. Hier fahre ich hin."

Ich drückte ihm einen Zettel mit einer fiktiven Adresse in die Hand, ging zu meinem Auto und beeilte mich, den Motor zu starten. Der Beamte telefonierte und wirkte irritiert, als ich an ihm vorbeifuhr und winkte. Wahrscheinlich war er unschlüssig, wie er reagieren sollte. Doch schon bog ich um die Kurve und war außer Sicht. Ich schaute in den Rückspiegel und hoffte inständig, dass er nicht hinterherkommen würde, denn ich hatte keine Idee, wie ich ihn loswerden könnte. Aber die Straße hinter mir blieb leer.

Hinter einem Baum wartete Erik, ich hielt kurz und ließ ihn einsteigen. Wir fuhren rasch weiter und bogen ein paar Mal ab, bis wir sicher waren, dass uns niemand folgte. Als wir die Landstraße erreicht hatten, fuhren wir eine Weile schweigend die Straße entlang. Leichter Schneefall setzte ein, was mich in eine vorweihnachtliche Stimmung versetzte. Ich liebte Schnee sehr – vielleicht war mein Name Omen.

Im letzten Jahr hatten wir bedauerlicherweise so gut wie keinen Schnee gehabt. Eigentlich war jede Jahreszeit schön: der Frühling mit seinem zarten Grün und den ersten Blumen, der Sommer mit seinen satten Farben und der Wärme, der Herbst mit den bunten Blättern und eben der Winter mit Schnee und Kerzenschein. Im Winter kam es mir so vor, als würde alles entschleunigen. Alles war ruhiger und besinnlicher, falls einen nicht der Geschenkebesorgungsstress erwischte. Die Menschen nahmen sich Zeit, um während der Weihnachtszeit Familie und Freunde zu besuchen, saßen gemütlich bei Tee und Plätzchen zusammen.

Allerdings erfüllte mich die Weihnachtszeit auch immer mit ein wenig Melancholie, denn ich verbrachte das Weihnachtsfest ohne Familie. Meine Eltern waren beide seit Jahren tot, und Geschwister hatte ich keine. Meine Tanten und Onkel lebten weiter entfernt und hatten ihre Familien mit kleinen Kindern. Da passte ich auch nicht richtig rein.

Nach dem Tod meiner Eltern hatten mich meine Verwandten zunächst noch regelmäßig eingeladen, aber nach und nach war der Kontakt eingeschlafen und fand eher nur noch sporadisch statt. Damit es mich nicht zu traurig stimmte, redete ich mir ein, dass ich dadurch wenigstens keinen Zoff unterm Weihnachtsbaum hatte, den es ja gelegentlich auch gab, weil alle so bemüht waren, nett zu sein, und sich im Laufe des Jahres Themen angestaut hatten oder man in alte Rollen verfiel. Da war der gestandene Jurist plötzlich wieder der kleine Sohn, der zu tun hatte, was Mutti sagte. Das ging jedenfalls Christian immer so, wie er mir erzählt hatte. Trotzdem wäre ich gern an seiner Stelle gewesen.

Ich erklärte mich immer gern bereit, während der Feiertage Nachtdienste in der Klinik zu übernehmen. Dann hatte ich wenigstens eine Aufgabe, die mich ablenkte. Außerdem schaute ich am Weihnachtstag kurz bei meinem Nachbarn vorbei. Der alte Herr freute sich immer, denn seine Tochter lebte weit weg in Neuseeland. Manchmal besuchten mich auch ein paar Freunde oder ich sie. Aber all das änderte nichts daran, dass ich mich nach Familie sehnte.

Als könnte Erik meine Gedanken lesen, fragte er auf seine direkte Art: „Hast du einen Mann, Marla?"

„Wow, du verstehst es, ins Schwarze zu treffen", erwiderte ich etwas barsch.

„Entschuldige, habe ich mich wieder taktlos verhalten?", gab er kleinlaut zurück.

„Schon gut. Also, wenn es dich interessiert: Ich war ein paar Jahre mit einem Mann zusammen. Wir hatten eine schöne Beziehung. Aber es gab eine Sache, die leider nicht passte. Wir wünschten uns Kinder, aber ich wurde nicht schwanger. Nach einer Weile hab ich die Hoffnung aufgegeben und gedacht, es läge an mir, dass unser Kinderwunsch unerfüllt geblieben ist. Ich wusste, wie sehr er sich Kinder wünschte, die er mit mir aber nicht bekommen konnte. Also hab ich darauf hingearbeitet, dass unsere Beziehung kaputtging. Hat funktioniert. Er ist jetzt mit einer anderen zusammen, und die beiden werden in wenigen Monaten Eltern. Ich hab mich in letzter Zeit in meine Arbeit gestürzt und möglichst viele

Nachtdienste gemacht, um mich abzulenken. Noch Fragen?", ergänzte ich schnippisch, denn das Thema tat mir weh.

Gern wäre ich anstelle der Neuen gewesen und hätte ein Kind unter dem Herzen getragen, aber mein Wunsch, auch einmal Mutter zu werden, musste ich laut fachärztlichen Aussagen wohl begraben.

Erik ließ nicht locker: „Was ist mit deiner Familie?"

„Meine Eltern leben nicht mehr, und Geschwister hab ich nicht. Ich hab ein paar Freunde, aber die sind dabei, sich ihre eigenen Familien aufzubauen. Ist aber okay. Nur an den Feiertagen fühle ich mich manchmal einsam."

„Du feierst Weihnachten? Ich dachte, du hättest keinen Glauben?", hakte Erik wieder nach.

„Weihnachten hat eher einen kulturellen Charakter für mich, und ich glaub inzwischen auch für viele andere hierzulande. Man wächst halt so auf und behält die alten Sitten mehr oder weniger bei, obwohl sie oft schon längst den eigentlichen Sinn verloren haben. Bei all dem Geschenkerausch ist der ursprüngliche Sinn von Weihnachten ein bisschen abhandengekommen", redete ich mehr mit mir als mit Erik und ergänzte: „Wir sind übrigens gleich da. Den Wagen müssen wir da drüben parken und zu Fuß weitergehen."

Wir waren von der Landstraße in einen Waldweg abgebogen, der in einen kleinen Parkplatz mündete, welcher ein wenig zugewachsen war. Als wir aus dem Wagen stiegen, hinterließen unsere Schuhe bereits Spuren im frisch gefallenen Schnee.

Ich zeigte Erik, in welcher Richtung der See zu finden war, und nach ein paar Minuten traten wir durch die Bäume auf eine Lichtung hinaus, in deren Mitte der Waldsee lag. Erik schaute sich um und rief schließlich „Hallo, ist hier jemand?" in den Wald hinein, aber es kam keine Antwort.

„Da ist niemand, und eventuelle Spuren sind unter dem Schnee verborgen. Wir sind zu spät", bemerkte er entmutigt.

„Was sollen wir jetzt machen? Hast du nicht noch ein paar magische Fähigkeiten auf Lager? Einen Ortungszauber oder so?", fragte ich hoffnungsvoll, weil ich auch gerne gewusst hätte, ob es nur ein Traum oder Realität gewesen war.

Er zuckte mit den Schultern. „Für den Ortungszauber bist du wohl zuständig, und ich habe dir auch gesagt, dass ich mich so menschlich wie möglich verhalten soll. Es bleibt uns nur übrig, zu warten – vielleicht kommt sie noch einmal hierher. Aber es ist kalt, und es wird bereits dunkel. Sollen wir in deinem Wagen warten?", schlug er vor.

„Es wird auch im Auto recht schnell kalt. Es sei denn, wir lassen den Motor laufen, dann funktioniert die Heizung", erklärte ich ihm, aber Erik schüttelte den Kopf.

„Das Geräusch würde sie sicher irritieren, falls sie herkommt. Verdammt, es wäre gut, wenn du wieder träumen würdest", nörgelte Erik ein wenig.

„Also im kalten Auto einschlafen und auf Kommando träumen, wird bei mir nicht klappen. Sorry", entgegnete ich daraufhin leicht schnippisch. „Aber ich habe eine andere Idee: Hier ganz in der Nähe auf der anderen Seite des Sees ist ein kleines

Blockhäuschen. Wenn du da auch die Tür aufbekommst wie in der Scheune, hätten wir dort eine relativ komfortable Bleibe."

Erik war einverstanden, und wir umrundeten den See. Ich musste ein wenig suchen, denn ich war schon lange nicht mehr hier gewesen, bis ich den Weg zur Hütte fand. Diese war erwartungsgemäß verschlossen. Nachdem Erik sich kurz ergebnislos umgesehen hatte, bat er mich, ihm den Inhalt meiner Tasche zu zeigen. Nachdem ich Portemonnaie und Lippenstift vorgezeigt hatte, erhellte sich sein Gesicht, als ich eine Haarspange hervorzauberte. Nachdem er sie durch Verbiegen für meine weiteren Zwecke unbrauchbar gemacht hatte, öffnete er mit ihr die Tür zur Hütte, und wir traten ins Dunkel.

Ich hatte eine kleine Diagnostiklampe, die für ärztliche Untersuchungen gedacht war, in meiner Handtasche gefunden, und versuchte damit, die Hütte auszuleuchten.

Es gab nur einen Raum, und der war bis auf ein paar Schränke und einer Sitzgelegenheit in einer Ecke leer. Wir öffneten die Schränke, in denen sich nichts befand. Ich ging zu der Eckbank und setzte mich. Mein Bauch knurrte, und ich schlug Erik vor, kurz zum Auto zurückzugehen, um ein paar Müsliriegel, die ich dort im Handschuhfach als Notreserve hatte, zu holen. Im Kofferraum lagen auch immer zwei oder drei Decken rum, die ich ebenfalls holen wollte, denn auch in der Hütte war es kalt.

„Ich gehe", antwortete er, nahm mir den Autoschlüssel aus der Hand und verschwand ohne weitere Worte zur Tür hinaus.

Während ich auf seine Rückkehr wartete, sah ich mich noch ein wenig genauer in der Hütte um und fand auf der Fensterbank eine verstaubte Kerze. Als Gelegenheitsraucherin hatte ich ein Feuerzeug bei mir und zündete die Kerze damit an.

Ich musste ein wenig schmunzeln bei dem Gedanken, wie gut sortiert ich offenbar war und was ich alles mit mir rumschleppte. Vieles davon waren Werbegeschenke von irgendwelchen Pharmafirmen, die teilweise recht skurril waren, und ich hatte mich des Öfteren schon gefragt, wer in der Werbeabteilung sich so was ausdenken konnte.

Und dann begann ich, über das Phänomen Damenhandtaschen nachzusinnen: Sie stellten so eine Art Mikrokosmos mit eigenen Naturgesetzen dar. Sicher gab es in meiner Handtasche auch eine Subraumspalte oder schwarze Löcher, denn allzu oft kramte ich nach Dingen, die eigentlich da sein mussten, aber nicht auffindbar waren. Bei anderer Gelegenheit tauchten die vermeintlich verschwundenen Dinge dann plötzlich und wie durch Zauberhand wieder auf.

Nachdem ich mich eine gefühlte Ewigkeit mit diesen philosophischen Themen beschäftigt hatte, knarrte die Tür, und eine verschneite Gestalt, die ich als Erik identifizierte, betrat den Raum. Ich fühlte mich deutlich sicherer mit ihm in der Nähe, obwohl er rein objektiv betrachtet mein Ex-Entführer aus einer anderen Welt war. Aber Gefühle und Gedanken stimmen eben nicht immer überein.

Erik stellte die Getränke auf den Tisch, gab mir einen Müsliriegel, und wir kuschelten uns jeder in eine Decke.

„Das ist doch ganz gemütlich hier. Du hast ja das Notwendigste dabei gehabt", gab Erik kauend von sich.

„Ich wusste doch, dass das hier passiert, ich kann doch hellsehen", sagte ich.

Und er erwiderte verwundert: „Tatsächlich?"

„Das war ein Scherz!", erklärte ich ihm und fragte mich, ob es tatsächlich bei Menschen solche Fähigkeiten gab, was Eriks Reaktion erklären würde. Aber ich hatte gerade keine Lust, nachzufragen. Das würde ich ein anderes Mal klären. Momentan war mir eher danach, Erik im Schein der Kerze zu betrachten.

Das Licht hob die Konturen seines Gesichtes stärker hervor, was ihn noch besser aussehen ließ. Aber das Faszinierendste war sein Blick und die Aura, die ihn umgab. Als er aufschaute, mich ansah und dann auch noch lächelte, wurde mir ganz warm. Es war eine wohlige Wärme, die sich von meiner Brust aus in meinem ganzen Körper ausbreitete.

„Du solltest öfter lächeln, das steht dir!"

„Ich übe noch", gab Erik als Antwort zurück, wobei er noch charmanter lächelte.

„Aha, machst du schon ganz prima", sagte ich und dachte bei mir: Ich glaube, das hast du nicht mehr nötig!

Nach unserem Snack schob Erik die Stühle an die Bank heran, was eine beinahe bequeme Liegefläche ergab.

Er betrachtete sein Werk und meinte: „Marla, ruhe dich etwas aus. Ich passe in der Zwischenzeit auf."

Natürlich hoffte er, dass ich einschlafen und träumen würde, und prompt kam ein „Versuche, zu schlafen!" von ihm.

„Du willst bloß, dass ich träume. Wenn ihr so klug seid und so viel wisst, wie kommt es dann, dass ihr das Mädchen nicht ausfindig machen könnt?", nörgelte ich erneut rum und streckte mich auf dem provisorischen Bett aus.

„Ich sagte doch, dass nicht alles nach Plan verläuft, und auch unsere Kommunikation funktioniert nicht wie sonst. Du bist im Moment meine einzige Hoffnung, in der Sache weiterzukommen", sagte Erik.

„Dann bin ich also … Mittel zum Zweck. Aber schlafen kann ich eh nicht, weil mir immer noch so kalt ist", antwortete ich ein bisschen eingeschnappt und zog die Decke noch höher. Eben war ich noch in einer so schönen Stimmung gewesen, aber seine Worte hatten mich ernüchtert.

„He, so war das nicht gemeint. Ich bin froh, dass du mir hilfst. Jedenfalls … fühlt es sich gut an, wenn du in meiner Nähe bist", stellte Erik klar.

Ich vernahm seine Worte mit Verwunderung. Er sprach tatsächlich von Gefühlen! Und dann überraschte er mich völlig. Wie selbstverständlich kletterte er zu mir unter meine Decke und nahm mich in den Arm. Sofort spürte ich seine intensive Wärme, und auch die Schmetterlinge flatterten wieder durch meinen Körper.

Erik sah mich an und fragte mit sonorer Stimme: „Besser?"

„Ich denke schon." Meine Stimme klang zittrig. Ich war völlig irritiert von seiner Nähe. Wieder war ich hin- und hergerissen zwischen panikartiger Flucht und dem Wunsch, in dieser Situation bis in alle Ewigkeit verharren zu können. Wir lagen ruhig nebeneinander, doch dann merkte ich, wie Erik sich noch näher an mich schmiegte, und als er seinen Arm um mich legte, war dieser Griff beinahe so, als wollte er mich nie wieder loslassen. Ich schaffte es trotzdem, mich umzudrehen.

Dass Erik mich sehr eindringlich anschauen konnte, kannte ich schon. Aber irgendwas veränderte sich in ihm, als er mich jetzt anblickte. Während er sonst sehr um Kontrolle bemüht war, schien er nun loszulassen. Er sah mich beinahe fragend an, konnte seinen Blick nicht von mir lösen und flüsterte wie entrückt:

„Ihr nennt die Dinge, die ihr nicht erklären könnt, Magie. Ich glaube, ich weiß jetzt, was Magie ist … Du verzauberst mich! Dein Blick, deine Nähe … ich habe es schon die ganze Zeit gespürt, aber es wird immer intensiver! Ich möchte dir ganz nahe sein, ich kann es nicht begreifen und nicht mehr kontrollieren. Alles andere ist so … unwichtig geworden."

Sein Körper schien zu vibrieren, und auch ich war bis in die kleinste Faser gespannt. Mein Herz schlug wild, und ich dachte nur: Was passiert hier gerade?

Erik streichelte mir über das Gesicht. Ganz langsam fuhren seine Finger über die Konturen, und sein Mund bewegte sich auf meinen zu, bis ich seine warmen Lippen spürte. Er küsste mich erst sanft, dann leidenschaftlicher. Seine Hände wanderten über meinen Körper, schienen fast fordernd meinen

Körper erkunden zu wollen. Ein kurzer Gedanke darüber, was passieren könnte, wenn Erik die Kontrolle verlor, huschte noch durch mein Hirn, dann hielten die Gedanken inne und überließen mich dem Gefühl. Und dieses Gefühl war unbeschreiblich schön – ich hatte nie zuvor ein solches Verlangen gespürt.

Was in dieser Nacht geschah, muss ich nicht niederschreiben, denn ich werde mich mein Leben lang an jedes Detail erinnern: an seine Blicke irgendwo zwischen kindlicher Neugier und männlicher Lust, zwischen Erstaunen und unerschütterlicher Selbstsicherheit, an Gefühle zwischen Lust und Schmerz, an die mich die Droge Liebe ausgeliefert hatte, und an einen wunderschönen Körper, dem er so viel Kraft und Leben verlieh, den er bis in jede Faser ausnutzte, um damit zu erfahren und zu fühlen, und mit dem er auch mich dazu brachte, den meinen neu zu entdecken.

Ich vergaß Zeit und Raum um uns herum, dachte keinen Moment mehr daran, wer der Mann, mit dem ich hier lag, wirklich war oder vielleicht auch nur vorgab zu sein, und irgendwann schlief ich in seine Armen ein und fühlte mich wunderbar geborgen.

Als ich erwachte, lag ich immer noch in seinem Arm, und er sah mich liebevoll an. Die Kerze war heruntergebrannt, und durch das Fenster schien spärliches Tageslicht herein. Erik strich mir eine Locke aus dem Gesicht und fragte mich: „Geht es dir gut?"

„Ja, das tut es. Und dir?"

„Es war wunderschön. Danke, dass ich das erleben durfte", antwortete er in einem beinahe ehrfürchtigen Tonfall.

„Du hast noch nie vorher …? Ich meine, warst du vorher schon mal …?", stammelte ich und versuchte, die richtigen Worte zu finden.

Erik fiel mir ins Wort: „Du meinst so intensiv Mensch? Nein, aber ich kann jetzt einiges besser verstehen", erklärte er grinsend.

„Aber es ist doch verboten für dich! Was passiert jetzt?", fragte ich besorgt nach und akzeptierte damit für mich die Wahrheit seiner Geschichte.

„Ehrlich gesagt, weiß ich das auch nicht. Ich hoffe sehr, dass die Kommunikation immer noch gestört ist und *sie* es nicht bemerkt haben. Falls doch, darf ich vermutlich nicht zurückkehren", sagte Erik nachdenklich.

„Und dann?", wollte ich wissen.

„Dann bleibe ich hier und gebe meine unendliche Weisheit und das ewige Leben auf. Ob ich in diesem Körper bleiben kann oder sein altes Ich zurückkehrt, wird sich zeigen. Dann wird dieser Körper zerfallen, denn seine Zeit war abgelaufen", antwortete er ein wenig traurig.

„Du meinst, du könntest sterben, wenn du hier bleibst?", rief ich besorgt, und mein Herz krampfte sich zusammen. In diesem Moment spürte ich deutlich, dass ich ihn nicht verlieren wollte, er sollte bei mir bleiben. Hatte ich mich verliebt?

„Sozusagen ja, ich löse mich auf."

Wir schwiegen eine Weile. Ich blickte in die Dunkelheit der Hütte und dachte nach. Ich wollte das nicht. Erik sollte nicht sterben und ein anderer in diesem Körper weiterleben, auch wenn der dessen rechtmäßiger Besitzer war. Dieser Mensch hatte sein Leben weggeworfen, er wollte nicht mehr leben, und nun sollte Erik diesen Körper bewohnen dürfen.

Als Erik bemerkte, dass ich traurig wurde, unterbrach er meine Gedanken: „Lass uns jetzt nicht davon reden. Was auch immer passiert, es war es wert. Das sollst du wissen. War es für dich auch so schön? Du kennst das sicher schon, hast es schon erlebt?"

„Glaub mir, es war einmalig schön. Keine Ahnung, was du gemacht hast, aber es fühlte sich an, als wär ich nicht mehr in dieser Welt!", bestätigte ich und lächelte ihn an.

Wir schwiegen, und er hing wahrscheinlich genauso wie ich noch ein wenig den Erinnerungen nach.

„Hast du eigentlich etwas geträumt?", fragte Erik nach einer Weile.

„Aha, du hast das also nur getan, damit ich etwas träume?", fragte ich lauernd, wollte ihn aber nur etwas aufziehen.

„Wie bitte? Marla, denkst du das wirklich?", fragte Erik entrüstet.

Ich grinste ihn an und schüttelte den Kopf. Dann dachte ich nach, und mir fiel ein, dass ich tatsächlich kurz von dem Mädchen geträumt hatte.

„Ich hab nicht viel gesehen. Nur eine kurze Sequenz. Das Mädchen stand in einer Art Fabrikhalle, sonst erinnere ich mich an nichts", erklärte ich ihm.

„Kennst du das Gebäude aus deinem Traum, Marla?"

Ich verneine. Ohne weitere Absprache standen wir auf und kleideten uns an, wobei wir uns immer wieder verstohlen ansahen und anlächelten. Dann nahm ich mein iPad, und da ich tatsächlich Empfang hatte, suchte ich im Internet nach einem Fabrikgebäude in der Nähe. Erik saß am Fenster und schaute hinaus in den Wald.

Nach einer Weile stieß ich auf einen Hinweis und wollte es Erik mitteilen, aber er hob den Finger an die Lippen und flüsterte: „Warte, hörst du das? Da sind Stimmen da draußen. Sieh! Da drüben sind zwei Typen. Sie scheinen etwas zu suchen."

Ich drehte das iPad um, damit kein Licht davon zu sehen war, und ging vorsichtig ans Fenster. Als ich hinaussah, stockte mein Atem, und ich flüsterte aufgeregt: „Das sind ja die Typen aus meinem Traum, nur Markus fehlt!"

Die beiden Gestalten sahen sich kurz um und verschwanden dann Richtung See. Erik blickte mich an, überlegte kurz und sagte: „Du bleibst hier und suchst weiter nach Hinweisen im Internet. Ich werde den beiden folgen. Wie können wir in Verbindung bleiben?"

„Nimm mein Handy mit, ich kann dir über das iPad Nachrichten senden. Aber ich will nicht, dass du gehst", ergänzte ich mit bittender Stimme, weil ich urplötzlich wieder heftige Angst hatte, nicht nur vor den Männern da draußen, sondern davor, Erik verlieren zu können.

„Marla, ich muss! Hab keine Angst, wir sehen uns wieder", antwortete er, küsste mich zärtlich und schlich zur Tür hinaus.

Ich blickte ihm durch das Fenster nach, wie er den zwei Männern in sicherem Abstand folgte. Glücklicherweise hatten sie die Hütte nicht untersucht. Wir mussten eine ganze Weile drin gewesen sein, denn unsere Spuren im Schnee, die uns sonst verraten hätten, waren im andauernden Schneefall verschwunden.

Woher die beiden wohl gewusst hatten, dass sie hier suchen mussten? Und wen suchten sie, Erik und mich oder dieses sonderbare Mädchen?

Das Warten war anstrengend, denn ich wurde schon nach ein paar Minuten ungeduldig. Daher versuchte ich weiter, dem Hinweis über ein Fabrikgebäude in der Gegend nachzugehen. Als Erik für mein Gefühl schon viel zu lange weg war, schickte ich eine Nachricht auf mein Handy: „Vermisse dich!"

Nach ein paar Minuten kam die Antwort in Form eines zwinkernden Smileys. Das passte nicht zu Eriks nüchterner Art, aber ich fand es süß. Veränderte ich ihn?

Während ich weiter wartete, wurde ich im Netz fündig: Es gab drei Gebäude in der Nähe, die infrage kamen, und eines davon schien schon länger leer zu stehen. Ich schickte Erik daraufhin eine Nachricht mit den neuen Informationen, die ich gefunden hatte, und wieder musste ich auf Antwort warten.

Ich ließ ihm ein paar Minuten Zeit, aber da ich der wahrscheinlich ungeduldigste Mensch auf Erden war, folgte bald eine weitere Nachricht von mir mit der Frage, ob alles in Ordnung sei. Es kam auch diesmal keine Antwort.

Jetzt wurde ich noch nervöser. Ich konnte nicht weiter in der Hütte sitzen und nichts tun. Die Sonne war bereits ganz aufgegangen und der Winterwald hell. Da ich die Unruhe in mir nicht mehr beherrschen konnte, beschloss ich, zum Auto zu gehen.

Mit klopfendem Herzen schlich ich vorsichtig durch den Wald, immer auf der Hut vor den schrägen Gestalten und in der Hoffnung darauf, Erik zu treffen. Als ich den Wagen erreicht hatte, angelte ich hastig den Schlüssel aus meiner Tasche, stieg so schnell ich konnte ein und verriegelte die Tür. Im Auto wartete ich nochmals ein paar Minuten, blickte immer wieder auf das iPad, weil ich hoffte, doch noch eine Antwort von Erik zu erhalten. Schließlich startete ich den Motor, mit der Absicht, allein zu der Halle zu fahren. Ich musste einfach irgendetwas tun, auch wenn es vielleicht nicht ratsam war, auf eigene Faust loszuziehen.

Medusa

Die Halle lag nicht weit entfernt vom See, mein Navigationsgerät führte mich zielsicher dorthin. Als ich die verschneiten Wege entlangfuhr, sah ich in einiger Entfernung Lichtblitze, die den Himmel durchzuckten. Zunächst dachte ich wieder an Blaulicht, aber als ich das Radio leiser drehte, vernahm ich ein merkwürdiges Donnergrollen.

Ich schaute genauer hin, als die Blitze wieder zu sehen waren. Sie leuchteten nicht blau, sondern grün. Normalerweise hätte ich dies als ein interessantes Naturschauspiel abgetan: ein Gewitter im Winter bei wolkenlosem Himmel. Aber ich hatte in den letzten Tagen gelernt: Wo seltsame Dinge geschahen, konnte Erik nicht weit sein. Steckte er vielleicht hinter dem seltsamen Gewitter?

Ich hatte Hoffnung, auf der richtigen Spur zu sein. Aber auch Bedenken, denn ich wusste, dass Erik eigentlich versuchte, nicht aufzufallen, und das war jetzt alles andere als unauffällig. Was war also geschehen?

Ich trat auf das Gaspedal und erschrak wenig später, als unerwartet ein dunkler Wagen mit quietschenden Reifen aus einem Seitenweg auf die Straße fuhr, auf der ich mich befand, und seinen Weg in entgegengesetzte Richtung fortsetzte. Mein Navi wies mich jetzt an, in genau diesen Seitenweg einzubiegen.

Was ich auch tat, nachdem ich mich vergewissert hatte, dass kein weiteres Fahrzeug aus dem Weg herausgeschossen kam. Der Weg war kurz und endete in einer Auffahrt. Ich parkte den Wagen hinter einer Hecke, ein Stück entfernt von dem Gebäude, welches vor mir lag. Laut Navi war ich bei dem Gebäude angekommen, das ich gesucht hatte.

Ich besah mir das Gelände. Es war von einem Metallzaun umgeben, der jedoch ziemlich hinüber war, und die Pforte zum Hof hing verrostet in den Angeln. Unter der dünnen Schneedecke sah ich hier und dort Pflanzen zwischen den Pflastersteinen, und Büsche und Bäume zeigten, dass die Natur sich das Areal zurückeroberte. Im Sommer war sicher alles zugewachsen, jetzt verbargen die blattlosen Pflanzen wenig. Die Reste eines Schornsteins waren an dem Backsteingebäude, das laut Internet einmal eine Ziegelei gewesen war, zu erkennen.

Vor dem Tor zur Halle parkte ein schwarzer Van mit getönten Scheiben. Also war das Gebäude zumindest momentan doch nicht verlassen!

Sollte ich wirklich wagen, mir das genauer anzusehen? Ich war allein und hatte keine Ahnung, was mich erwartete. Aber meine Neugier und die Sorge um Erik siegten, und ich pirschte im Zeitlupentempo zum Gebäude herüber und versuchte auf Zehenspitzen, durch eines der Fenster zu spähen. Es war verschmutzt, und in den Raum dahinter gelangte nur wenig Licht.

Erst erkannte ich nicht viel, dann sah ich zwischen alten Maschinen und Förderbändern zwei Männer. Der eine war der hünenhafte Typ aus meinem Traum, und der andere war Erik!

Mein Herz erhielt einen Stich. Erik war an eine Säule gekettet, seine Hände hinter dem Rücken, und er kniete mit hängendem Kopf vor dem Typen, der ihn immer wieder mit Fußtritten traktierte. Erik tat mir so leid, und jeder Tritt schien auch mir Schmerzen zu bereiten, sodass ich einen Schrei unterdrücken musste, während sich mein Herz angesichts seiner Qualen schmerzvoll zusammenzog.

Ich überlegte fieberhaft, was ich tun sollte, und wollte gerade zur Tür stürmen, um einfach irgendwas zu tun, als ich eine Hand auf meiner Schulter spürte.

Eine weibliche Stimme sagte mir in einem sehr bestimmenden Tonfall: „Vergiss es, er würde dich töten!"

Ich fuhr herum. Vor mir stand eine hochgewachsene Frau, die aussah wie ein Engel. Ein anderer Vergleich fiel mir in diesem Augenblick nicht ein. Ihre schlanke, anmutige Gestalt schien fast so zart wie Luft zu sein. Aus einem ebenmäßigen, schmalen Gesicht, das von goldenen Haaren umrahmt wurde, blickte sie mich mild lächelnd an. Ihre Augen hatten die Farbe des blauesten Ozeans.

Eine Welle undefinierbarer Emotionen durchfuhr mich, und ich schaute sie wie gebannt an.

„Wer … sind Sie?", stammelte ich verwundert und schluckte hart. „Oder besser … was sind Sie?", ergänzte ich, nachdem ich mich wieder etwas gefangen hatte.

„Kannst du es dir nicht denken?", fragte sie mit einer Stimme, die ebenso wohl wie Eriks klang: ruhig, selbstsicher und irgendwie weise.

„Ein Wesen aus … *Hel*?", folgerte ich aus dem extremen Gefühlschaos in mir, was sie zu bewirken schien oder zumindest verstärkte. Meine Emotionen überschlugen sich und schwankten zwischen panikartiger Angst, unermesslicher Wut und unerklärlicher Heiterkeit.

„*Hel*? Ja, ich glaube, das ist eine der Bezeichnungen für den Ort, von dem ich herkomme", antwortete die Frau nachdenklich.

Erik hatte mir gesagt, dass er Begriffe wie *Hel* und *Asgard* gewählt hatte, weil wir hier im Norden Europas waren, aber er hatte auch gesagt, dass es viele andere Namen und Bezeichnungen für die Welten gäbe, aus der er und die Frau vor mir stammten.

„Was tust du hier?", fragte ich unverhohlen.

„Ich suche nach dem Mädchen, genau wie du und er …" Sie deutete mit einer Kopfbewegung auf Erik. „Sag mir, wie nennst du ihn?"

„Erik", antwortete ich.

„Erik! Wie nett", gab sie zurück.

Irgendwie passte das Bild vom Engel nicht mehr, sie kam jetzt ein wenig zu arrogant und zickig rüber.

Als hätte sie meine Gedanken gelesen, sagte sie: „Wie ein Engel erscheine ich nur, wenn ich so wirken möchte. Ich kann alles sein, was ich für den Moment sein möchte: eine gute Fee, eine Hexe, was auch immer. Du weißt ohnehin schon sehr viel, also brauche ich bei dir keine Illusionen anzuwenden."

Vor meinen Augen verwandelte sie sich in eine ganz normale Frau mittleren Alters, die ziemlich durchschnittlich und eher unscheinbar wirkte. Sie war jetzt der Typ Mensch, den man überhaupt nicht wahrnahm, wenn man nicht in ihre Augen blickte, denn diese schienen geradezu sprechen zu können.

„Das versteh ich nicht. Das Mädchen ist doch auch aus *Hel*, nicht wahr? Und Erik hat gesagt, dass immer nur einer von jeder Seite hier sein darf, und …"

„Das ist beides richtig, aber Erik hat die Spielregeln ein bisschen verändert, und daher darf ich nun auch mitspielen. Glaub mir, das Gleichgewicht stimmt im Moment, und wie es weitergeht, wird sich zeigen", erklärte sie, aber ich verstand rein gar nichts. „Du wirst verstehen, was ich meine … bald", bemerkte sie mit einem mich musternden Blick und wissendem Lächeln.

Das ärgerte mich. Ständig diese Geheimniskrämerei! Schon bei Erik war jeder dritte Satz: „Das darfst du nicht wissen, du weißt schon zu viel, das erklär ich später."

Jetzt hörte ich das von dieser *Hel*-Person auch noch. Es ärgerte mich! Die beiden benahmen sich wie zwei Eltern, die ihrem Kind immer wieder sagten, dass es noch zu klein sei für dies und das und jenes!

Was mein Gegenüber zu bemerken schien, denn sie grinste wieder und erklärte: „Akzeptiere es! Es gibt für alles eine Zeit. Jetzt ist etwas anderes wichtig. Also, hast du einen Plan? Es sah nicht danach aus, als du gerade losstürmen wolltest. Wenn nicht, lass mich machen! Wir sollten deinem *Erik* …", sie betonte das Wort wieder süffisant, und ich überlegte kurz, wie er wohl in seiner Welt genannt wurde, „… schleunigst helfen, sonst wird Raoul ihn vernichten. So kann Erik sich nicht verteidigen.

Raoul weiß, was zu tun ist, um sich vor Eriks Kräften zu schützen."

Ich sah durch die Fensterscheibe und erstarrte: Dieser Kerl namens Raoul hatte sein Schwert gezogen. Mein Hirn lief auf Hochtouren, aber mehr als „Ich hab keinen Plan! Tu etwas, bitte!" brachte ich nicht heraus.

Zu viele Eindrücke, zu viele unbekannte Dinge, zu viel Unglaubliches – es war besser, ich würde ihr vertrauen, denn eine andere Chance hatten Erik und ich nicht.

„Okay, los geht es!", rief das *Hel*-Wesen und verwandelte sich noch im Laufen in eine junge Frau, die einem Playboy-Magazin hätte entsprungen sein können. Sie stöckelte auf High Heels auf die Tür zu und rief mit einer sexy Stimme: „Hallo, ist da jemand? Ich brauche Hilfe. Hallo?"

Nach einer kleinen Weile ging die Tür der Halle auf. Bevor Raoul etwas sagen konnte, säuselte sie weiter: „Ach, Gott sei Dank. Ich bin mit meinem Wagen liegen geblieben und habe keinen Handyempfang. Können Sie mir bitte helfen?"

Raoul schien erst misstrauisch, dann blickte er sie beinahe gierig an und grinste breit. „Klar, kann ich dir helfen, Schätzchen", tönte seine sonore Stimme.

Was für ein Widerling!, dachte ich.

Die *Hel* Frau näherte sich Raoul, und dieser grinste lüstern. Doch gleich darauf weiteten sich seine Augen, und er sah sie erschrocken an, als hätte eine Ahnung ihn durchfahren. Aber es war zu spät! Gebannt starrte er sie weiter an, Angst und Unwillen standen ihm ins Gesicht geschrieben.

Langsam ging das Wesen auf Raoul zu, wobei er unfähig schien, sich zu rühren. Er konnte seinen Blick nicht von der Frau lösen. Als sie ihr Gesicht ganz nahe bis an das seine gebracht hatte, riss er in Panik seine Augen so weit auf, dass ich glaubte, sie würden ihm aus dem Kopf fallen. Dann bemerkte ich ein blaues Leuchten, das aus seinem geöffneten Mund in den ihren zu fließen schien. Nur wenige Sekunden später sank er mit bleichem Gesicht zu Boden.

Die Frau drehte sich zu mir um und sagte mit einem überlegenen Lächeln auf den Lippen: „Erledigt! Wir geben Leben, und wir können es auch wieder nehmen."

Dieses Wesen machte mir Angst! Und ich stand wie gelähmt da und starrte auf Raouls leblosen Körper. Nicht nur, dass diese Frau – War sie überhaupt weiblich? – eine Art Formwandler war, die ich bisher nur aus Science-Fiction-Filmen gekannt hatte, sie konnte auch eiskalt töten, ohne mit der Wimper zu zucken.

„Komm schon!", rief sie ungeduldig und verschwand in die Halle.

Ich wandte meinen Blick ab, löste mich aus meiner Starre und lief hinterher. Da es im Innern der Halle dunkel war, mussten sich meine Augen kurz daran gewöhnen. Ich lief einen Weg an meterhohen Regalen vorbei und gelangte schließlich in den großen Innenraum. Das fremde Wesen stand bei Erik und blickte arrogant auf ihn herab. Ich rannte zu ihm, kniete mich nieder und nahm ihm die Augenbinde ab.

Er blickte mich mit schmerzverzerrtem Gesicht an. Er hatte eine Platzwunde über der linken Augenbraue, aus der ein wenig Blut heraustrat, das – wie erwartet – kurz aufleuchtete. Das Blut an seinem Mundwinkel war bereits getrocknet, und ich hoffte nur, dass er keine inneren Verletzungen von den Fußtritten erlitten hatte.

„Hallo, *Erik!*", sagte das *Hel*-Wesen zu ihm und betonte seinen Namen wieder seltsam.

Irgendwann würde ich Erik nach seinem richtigen Namen fragen. Immerhin erfuhr ich ihren Namen, denn Erik schaute zu ihr hoch und antwortete gequält: „Hallo, Medusa. Lange her, dass wir uns gesehen haben."

„Ich habe dir das Wiedererkennen ja auch leicht gemacht", antwortete sie schnippisch.

Sie hatte wieder das Aussehen, das sie zu Beginn unserer Begegnung gezeigt hatte, angenommen und stand engelsgleich vor uns. Ihre Gestalt passte nicht zu den Bildern, die ich bei dem Namen *Medusa* im Kopf hatte. Sie hatte keine Schlangen auf dem Kopf und ein so fürchterliches Antlitz, dass man zu Stein wurde bei ihrem Anblick. Allerdings schien der Teil mit dem „Zu-Stein-werden" stimmig zu sein, denn Raouls Körper hatte von der einen auf die andere Minute so kalt und leblos ausgesehen, als wäre er tatsächlich zu Stein geworden, nachdem er Medusas Blicken ausgesetzt gewesen war.

„Man muss nicht alles glauben, was die Leute erzählen, Marla", sagte Medusa.

Langsam war ich mir sicher, dass sie meine Gedanken lesen konnte.

„Du hilfst mir?", fragte Erik misstrauisch.

„Nicht dir!", gab sie zurück. „Wir haben den gleichen Auftrag und sollten zusammenarbeiten. Bisher ward ihr beide ja nicht sehr erfolgreich!"

„Sie haben das Mädchen! Ich bin zu spät gekommen", sagte Erik, und in seiner Stimme klang große Enttäuschung mit.

„Das habe ich mir schon gedacht", antwortete Medusa.

Ich war um den Pfeiler, an den Erik gekettet war, herum gelaufen und versuchte, die Ketten um Eriks Handgelenke zu lösen.

„Tja, ohne freie Hände und mit verbundenen Augen kämpft es sich schlecht, nicht wahr?", stichelte Medusa weiter.

„Sie haben mich in eine Falle gelockt", gab Erik ein wenig kleinlaut zu.

„Oh, Mister Allwissend wurde in eine Falle gelockt", konterte Medusa sofort.

„Könnt ihr nicht damit aufhören? Zwei angeblich mächtige Wesen streiten sich wie Kinder!", platzte es aus mir heraus, weil es mich extrem nervte.

Es half tatsächlich, und die beiden schwiegen für den Moment. Irgendwie hatte ich es geschafft, mit einer Eisenstange, die in der Ecke gelegen hatte, die Ketten aufzuhebeln. Erik rieb seine schmerzenden Handgelenke.

„Dieser Körper kann wie ein Gefängnis sein", erklärte er.

„Alles okay mit dir?", fragte ich besorgt.

Er hielt inne und überlegte, dann stand er auf, wobei er kurz vor Schmerzen zusammenzuckte.

„Es geht schon", keuchte er, als ich ihm helfen wollte. „Der Körper hat keine ernst zu nehmenden Schäden abbekommen", beschwichtigte er mich.

Aber ich sah, dass er Schmerzen hatte, doch Erik meinte nur: „Schmerzen sind auch eine interessante Erfahrung, ich fühle mich durch sie sehr lebendig."

„Vorsicht, mein lieber Erik, du machst dieses Mal recht viele menschliche Erfahrungen. Dies soll doch nicht dein letzter Ausflug auf die Erde werden. Es wäre ohne dich nur halb so lustig", stichelte Medusa wieder, schien dabei aber auch ernsthaft um ihn besorgt zu sein.

Dies zu sehen, ließ eine kleine Welle der Eifersucht in mir aufwogen. Die beiden kannten sich seit Äonen, hatten scheinbar schon viel zusammen erlebt und eng miteinander gearbeitet – wie eng, hätte ich gern gewusst.

„Keine Angst, Marla, Erik und mich trennen Welten", sagte sie prompt und lächelte mich milde an.

Das Wesen wusste offenbar immer, was ich dachte oder fühlte. Noch eine überaus beunruhigende Eigenschaft.

Erik schaute ein wenig fragend, schüttelte den Kopf und sagte: „Was auch immer du damit meinst, lass uns lieber überlegen, was wir nun tun können. Ach, warte! Vorher erkläre mir bitte noch, Medusa: Wie kommt es, dass du hier sein darfst?", wandte sich Erik an Medusa und spielte wahrscheinlich auf das Prinzip der Ausgeglichenheit an, wonach immer nur ein Vertreter von *Hel* oder *Asgard* auf der Erde sein durfte.

„Eine Art Sondergenehmigung. Das Mädchen hat eine so junge Seele – sie zählt praktisch nicht", erklärte ihm Medusa.

Erik sah ein wenig irritiert aus, schien die Antwort dann aber zu akzeptieren. Aber ich konnte spüren, dass Medusa nicht die ganze Wahrheit gesagt hatte.

Gerade als ich nachfragen wollte, schnitt sie mir das Wort ab: „Die wissen schon, was zu tun ist. Das Mädchen ist zwar jung, aber sie ist trotzdem eine mächtige Waffe, wenn Nero sie in die Finger bekommt. Wir sollten hier nicht herumstehen und reden!"

„Nero?", fragte ich nach, denn ich verstand eigentlich nur Bahnhof.

„Später, Marla, ich werde es dir noch erklären. Kannst du laufen?", erkundigte sich Medusa bei Erik.

„Ja. Und ich möchte euch beiden danken. Es sah eben nicht gut aus für mich", gab Erik zu.

„Kein Problem, du hättest das Gleiche für uns getan", antwortete Medusa ungewöhnlich ernsthaft.

„Medusa, du solltest noch wissen, dass sie einen Blickschutz gegen unsere Energie konstruiert haben. Er macht sie nicht unverwundbar gegen uns, aber es ist deutlich schwieriger, sie zu schwächen oder gar zu eliminieren", unterrichtete Erik Medusa.

„Dann hatte ich eben wohl auch ein wenig Glück, dass Raoul so leichtsinnig gewesen ist, auf diesen Schutz zu verzichten. Vielleicht war er auch einfach nur dumm. Jedenfalls sind die jetzt einer weniger, und wir müssen nicht auf dich verzichten", resümierte Medusa.

„Sie sind übrigens nach Westen gefahren … denke ich. Vorhin kam mir ein Wagen in rasantem Tempo entgegen und bog dann in diese Richtung ab", erinnerte ich mich.

„Gut, dann sollten wir dem Wagen gleich hinterherfahren. Mit etwas Glück und wenn ich nah genug an ihn herankomme, kann ich Any fühlen", schlug Medusa vor.

Die Suche

„Any ist das Mädchen?", fragte ich interessiert, und Medusa nickte.

Jetzt kannte ich wenigstens den Namen des Mädchens, und das fand ich gut, denn ich fühlte mich mit ihr verbunden.

Anfangs hatte ich sie als irgendeine Randfigur in dieser obskuren Geschichte gesehen. Als sie mir jedoch mehrfach in meinen Träumen begegnete und unsere Verbindung sich als enorm wichtig herausstellte, nahm ich sie mehr und mehr als Person war. Sie war etwas Besonderes, und ich fühlte einerseits den Wunsch, sie zu beschützen, andererseits strahlte sie selbst solche Stärke aus, dass ich mir dagegen klein vorkam.

Ich fragte mich, wer und was sie war. Ein *Hel*-Wesen in dem Körper eines menschlichen Kindes. Aber wer war dann dieses Kind, und was war mit seiner Seele geschehen?. Auch diese Fragen würden hoffentlich noch Antworten erhalten. Aber wie so oft schien etwas anderes wichtiger zu sein.

Wir drei verließen ohne weitere Umschweife die Halle.

Raoul lag noch immer vor der Tür, und sein Anblick, sein blasses Gesicht mit den weit aufgerissenen Augen ließ mich erschauern. Jetzt erkannte ich auch einen Brillenbügel, den seine rechte Hand umklammert hielt und der wohl zu einer dieser Schutzbrillen gehörte, die Erik erwähnt hatte. Raoul hatte sie nicht mehr rechtzeitig aus der Innentasche seines Ledermantels herausziehen können.

Erik war zum dunklen Van hinübergelaufen. Nachdem er die unverschlossene Tür geöffnet hatte, kam er zu uns zurück, beugte sich über Raouls Leiche und durchwühlte dessen Taschen. Er zog einen Autoschlüssel hervor und meinte zu mir: „Damit geht es besser."

Auch die Brille nahm er an sich und steckte sie ein. Als er meinen auf Raoul gerichteten schockierten Gesichtsausdruck sah, schloss er mit seiner Hand die Augen des Toten.

Natürlich hatte ich schon öfter dem Tod ins Auge blicken müssen, das blieb in meinem Beruf nicht aus. Aber diesmal war es anders. Vielleicht, weil ich Zeuge eines gewaltsamen Todes geworden war, oder auch deshalb, weil es für mich nun keine Zweifel mehr gab, dass Medusa und Erik über Kräfte verfügten, die sie eindeutig als nicht menschlich auszeichneten.

„Besser?", fragte er mich, wartete aber meine Antwort nicht ab, sondern ordnete dann knapp an: „Ihr beide nehmt Marlas Wagen! Ich folge euch mit dem Van, vielleicht brauchen wir das Fahrzeug noch. Los jetzt!"

Ich wollte widersprechen, wollte bei Erik bleiben, aber Medusa gab mir mit einem Blick zu verstehen, dass ich ihr ohne Widerworte folgen sollte. Trotzdem sagte ich: „Warte, Erik, lass mich noch kurz deine Wunden säubern! Du siehst schlimm aus so und viel zu auffällig, auch wenn alles schon recht gut heilt."

Erik schien widersprechen zu wollen, aber Medusa pflichtete mir bei und erklärte, dass auch sie es trotz Eile als notwendig empfinde, Eriks geschundenes Gesicht zu richten.

Ich lief zum Auto, um den Verbandskasten und Wasser zu holen. Nach kurzer Zeit hatte ich seine Wunden versorgt.

„Jetzt kann man dich wieder unter die Leute lassen", murmelte ich, um mich aufzumuntern, denn es fiel mir schwer, Erik zu behandeln, weil ich ihn liebte. Seine Schmerzen waren auch meine Schmerzen.

Erik hatte mich unablässig beobachtet und liebevoll angelächelt, hatte es anscheinend genossen, von mir verarztet zu werden. Jetzt sah er kurz zu Medusa hinüber. Da sie von uns abgewandt stand, gab er mir einen Kuss und sagte: „Danke!"

Ich konnte spüren, wie Medusa lächelte. Ihr entging offenbar keine Emotion, aber unerwarteterweise blieb ein Kommentar von ihr aus.

„Jetzt aber los, ihr zwei", forderte sie uns stattdessen auf. Sie war wieder in Gestalt der unauffällig wirkenden Frau und schwang sich auf den Beifahrersitz meines Wagens.

Ich fand es schon sehr verwirrend, dass Medusa ständig ihr Aussehen veränderte. Dass sie wirklich ihre Gestalt veränderte, glaubte ich gar nicht. Sie benötigte, laut Eriks Ausführungen, ebenfalls einen menschlichen Körper. Und mir hatte sie erklärt, dass es sich eher um eine Art Illusion handeln würde, die sie bei ihrem Gegenüber bewirken würde. Erik konnte die physiologischen, also körperlichen Prozesse optimieren, sie hingegen schien Meisterin der psychischen Fähigkeiten zu sein. Sie ließ ihr Gegenüber die Dinge so sehen, wie sie es wollte. Aber sahen dann alle Beteiligten das Gleiche, oder nahm man sie unterschiedlich wahr?

Ich vermutete, dass ihr jetziges Aussehen wohl ihre eigentliche Gestalt war – oder sie wollte einfach nicht auffallen. Als Engel oder Sexbombe würde sie entschieden mehr Aufmerksamkeit auf sich lenken.

Erik warf mir noch einen tiefen Blick zu und verschwand im Van.

Eilig packte ich die Verbandsmaterialien zusammen und setzte mich gleich darauf ans Steuer meines Autos, als Medusa bereits weitere Anweisungen gab: „Wir fahren voraus, in die Richtung, in die du den Wagen hast fahren sehen."

„Er ist hier nach links abgebogen", erklärte ich, als wir aus dem Wald auf die Landstraße fuhren.

„Hinterher!", wies mich Medusa an. „Wenn sie noch nicht zu weit weg sind, werde ich sie fühlen können."

Ich trat auf das Gaspedal. Im Rückspiegel sah ich Eriks Van dicht hinter uns auf die Landstraße abbiegen. Wir fuhren eine Weile geradeaus, und Medusa schien dabei in sich hineinzuhorchen. Irgendwann rief sie mit einem erleichterten Ausdruck auf ihrem Gesicht: „Wir müssen in nordwestlicher Richtung weiterfahren!"

„Dort geht es auf die Autobahn", gab ich zur Antwort, und sie nickte nur.

Kaum auf der Autobahn, gab ich Vollgas. Medusa wirkte in sich versunken und dabei doch voll konzentriert. Sie hielt die Arme vor sich verschränkt, den Kopf leicht nach vorn gestreckt und starrte aus der Frontscheibe in die Ferne. Sie sagte kein Wort und regte sich kaum. Ich überlegte, ob ich sie ansprechen sollte, denn ich hatte doch so viele Fragen in meinem Kopf. Und ich hatte ja nicht alle naslang Gelegenheit, mit einem Wesen aus *Hel* zu plaudern. Aber Medusa schüchterte mich ein, und ich wusste nicht, was ich von ihr halten sollte.

„Ich hab so viele Fragen … Kannst du reden, oder brauchst du Ruhe, um dich zu konzentrieren?", fragte ich sie, nachdem ich all meinen Mut zusammengenommen hatte.

„Ich kann sprechen, aber ich werde dir nur wenige Antworten geben", gab sie zurück.

Also fragte ich ohne Umschweife: „In der nordischen Mythologie steht *Hel* für die Hölle. Erik hat deine Heimat aber anders beschrieben. Wie ist es dort, wo du herkommst? Ist es der Himmel oder die Hölle?"

„*Hel* ist auch wortverwandt mit hell. Meine Welt ist nicht schön oder schrecklich. Wenn man sehr an das Materielle oder Körperliche gebunden ist, mag der Gedanke, körperlos im Gefühl aufzugehen, beängstigend sein. Und wenn man als Mensch primär Gefühle wie Wut oder Hass erlebt hat, sind die Aussichten, dass diese Gefühle einen weiter begleiten, wohl eher sinnbildlich für die ewigen Qualen der Hölle. Zum Glück dauern die Ewigkeiten bei uns nicht allzu lang. Ihr bekommt eine neue Chance. Die Idee, sich im nächsten Leben mehr an Gefühle wie Liebe oder Freude zu halten, ist zu empfehlen", erklärte Medusa trocken.

Das klang für mich doch sehr nach dem, was ich auch in fernöstlichen Religionen als Ratschläge erhalten hatte. Als hätte man in seinem irdischen Leben eine Aufgabe und müsste so lange nachsitzen, bis man das Thema endlich kapiert hatte. *Ob es tatsächlich so ist?* Das war spannend. Was dann wohl meine Aufgabe war?

Ich merkte, wie mein Körper vor Neugier zu prickeln anfing, und ich Mühe hatte, mich weiter auf die Autofahrt zu konzentrieren. Gerade wollte ich fragen, ob man eine Aufgabe zu erfüllen hätte und sie mir meine verraten würde, als mich Medusa bereits unterbrach.

„Marla, ich weiß, dass du ein neugieriger Mensch bist, und ich merke, in welche Richtung dieses Gespräch geht. Lass uns von anderen Dingen reden oder lieber schweigen. Wirklich, es ist besser für uns beide, okay?"

Das ist hart! Ich war gespannt wie ein Flitzebogen, und sie beendete das Gespräch, bevor es richtig begonnen hatte. Ich musste trotz meiner Enttäuschung nachgeben und entschied mich für das Schweigen. Dabei kam mir der Gedanke, dass es vielleicht eines meiner Themen war, meine Neugier zügeln zu lernen.

Als ich zu Medusa hinübersah, lächelte diese milde vor sich hin. *Oh Mann, ich sitze ja gerade neben einem Wesen, das meine Gedanken lesen kann!* Das fand ich nicht fair, denn meine Gedanken sollten mir allein gehören.

Andererseits: Angriff ist die beste Verteidigung, überlegte ich und begann nun einfach mal, Gedanken zu formulieren, die ich direkt an Medusa richtete: *Was ist meine Lektion, die ich lernen soll? Welche gemeinsamen Aufträge haben du und Erik schon gehabt?*

Wie heißt Erik wirklich? Können Wesen wie ihr sich verlieben? Woher kommt das Mädchen Any?

Diese und noch viele Fragen mehr, die mein Brainstorming produzierte, versuchte ich so ohne Filter, an Medusa weiterzugeben.

Und tatsächlich, nach ein paar Minuten drehte Medusa sich abrupt zu mir hin und herrschte mich genervt an: „Marla, lass das, das ist nicht witzig!"

Ich wusste nicht, ob ich triumphieren oder Angst vor ihr haben sollte. Trotzdem konterte ich: „Es ist auch nicht witzig, wenn du andauernd durch mein Hirn schleichst!"

„Du traust dich ja was", sagte Medusa in einem bedrohlichen Unterton, der mir Gänsehaut machte.

War ich über das Ziel hinausgeschossen?

Aber sie fuhr in versöhnlicherem Tonfall fort: „ Na gut, Waffenstillstand. Ich bleibe aus deinen Gedanken heraus, und du hörst auf, mich mental mit Fragen zu bombardieren, okay?"

„Prima Vorschlag, danke!", erklärte ich mich erleichtert einverstanden und versuchte, mich wieder auf die Straße zu konzentrieren, wobei ich bemerkte, wie schwer es fiel, etwas nicht denken zu wollen. Immer wieder wollten meine Gedanken zu Medusa wandern, und ich musste sie stoppen. Irgendwann trat ein rosa Elefant vor mein inneres Auge, und ich schmunzelte.

Zur Übung forderte ich Patienten gerne auf, mal aktiv nicht an einen rosa Elefanten zu denken, wenn es darum ging, ihnen vorzuführen, wie schwer es war, etwas aus seinem Kopf zu verbannen. Garantiert tappte dann der rosa Elefant durch die Gehirnwindungen, und die Patienten merkten, wie schwierig es war, bestimmte Gedanken wegdrängen zu wollen. Es war besser, Gedanken kommen und gehen zu lassen oder sich abzulenken. Und das versuchte ich nun mit dem Straßenverkehr, der inzwischen immer dichter wurde.

Als wir in die Stadt hineinfuhren, gab mir „mein Navi" Medusa, wie mir scherzhaft durch den Kopf schoss, immer wieder neue Anweisungen. Ein paar Mal schien sie sich geirrt zu haben und sagte dann so etwas wie „Nein, das fühlt sich nicht richtig an" oder „Jetzt wird das Gefühl schwächer, wir müssen in die andere Richtung".

Die Hinweisschilder zum Flughafen häuften sich mittlerweile.

„Kann es sein, dass die zum Flughafen gefahren sind?", fragte ich Medusa, und sie antwortete: „Ja, verdammt, könnte sein! Sieht so aus, als wollten sie ihr Transportmittel wechseln, fahre schneller!"

Eriks Van war im dichten Stadtverkehr zunächst etwas zurückgefallen, und ich hatte mein Tempo trotz gebotener Eile verringert, damit er aufschließen konnte. Er hatte es geschafft, und ich gab Gas. Nach einigen Minuten parkten wir unsere Fahrzeuge am Terminal eins des Hamburger Flughafens. Ich stürmte voran, da ich mich im Flughafen recht gut auskannte, und erklärte Erik im Laufen, dass wir schnell herausfinden müssten, welches der Flugzeuge sie nehmen würden, wobei ich inständig hoffte, dass sie noch nicht in der Luft waren.

Wir liefen durch das Flughafengebäude, die Rolltreppe hinauf und standen bald vor der

„Departure"-Anzeigetafel in der großen Halle. Es gab so viele Möglichkeiten!

Erik wandte sich an Medusa: „Wenn ich mich bemühe, etwas über sie per Computer herauszubekommen, wird dies zu lange dauern. Medusa, versuche du, auf deine Art herauszufinden, wo sie hin sind!"

Medusa zögerte nicht lange, schloss die Augen und ging einfach los. Ich hakte mich bei ihr ein und passte auf, dass sie niemanden anrempelte oder umgestoßen wurde. Wenig später standen wir vor dem Schalter der British Airways.

„London!", entfuhr es mir. „Ein Flug startet gerade jetzt nach London."

„England? Dann weiß ich, was sie vorhaben", antwortete Erik und klang alarmiert.

„Stonehenge?", fragte Medusa.

„Ja, ich denke schon."

„Stonehenge? Ach egal, das müsst ihr mir später erklären. Was machen wir jetzt? Sie sind gleich in der Luft. Korrigiere: Sie sind jetzt in der Luft", ergänzte ich mit einem erneuten Blick auf die Anzeigetafel.

Enttäuschung machte sich in unseren Gesichtern breit.

„Dann bleibt uns nichts anderes übrig: Wir müssen den nächsten Flug, der nach England geht, nehmen. In drei Stunden können wir nach Heathrow", schlug Erik vor.

„Verdammt, verdammt!", fluchte Medusa. „Wir hätten sie fast erwischt. Was, wenn wir es nicht rechtzeitig schaffen?" Medusa schien deutlich erregt.

Ich merkte, wie mir eine Welle negativer Emotionen entgegenwogte, und ihre Augen begannen zu strahlen. Außerdem fing ihr Äußeres an, sich zu verändern, ihre Konturen wurden undeutlich.

„Medusa, beruhige dich!", raunte Erik ihr zu.

Andere Reisende sahen sich irritiert in unsere Richtung um.

„Oh, tut mir leid, ich hab mich ein bisschen vergessen", entschuldigte Medusa sich. „Es geht schon wieder." Sie stand einen Moment da, atmete ruhig ein und aus und sagte schließlich: „Dann werde ich mal die notwendigen Papiere besorgen. Ruht ihr euch mal aus. Ihr seht ganz schön fertig aus."

„Gut, wir warten dort bei der Bank auf dich. Wirklich alles in Ordnung bei dir?", vergewisserte sich Erik.

Medusa machte eine beschwichtigende Handbewegung und verschwand mit einem entschuldigenden Lächeln auf den Lippen in der Menschenmenge.

„Erst in drei Stunden! Verdammt, Medusa hat recht, wir hätten sie fast noch erwischt, und jetzt sitzen wir hier nutzlos fest!", resümierte ich frustriert.

„Wir haben keine andere Wahl. Und immerhin haben wir eine Spur, das hätte auch anders sein können. Eine kurze Rast tut uns sicher ganz gut", beschwichtigte Erik auch mich.

Er hatte recht, denn ich fühlte mich müde und zerschlagen. Erik holte uns ein Getränk und ein paar Snacks, dann setzten wir uns auf die Bank.

„Könnt ihr euch nicht anders von einem Ort zum anderen bewegen? Ihr müsst doch andere

Möglichkeiten haben, als auf ein Flugzeug zu warten, mächtig, wie ihr seid?", wandte ich mich an Erik.

„Nein, wir müssen uns an gewisse Regeln halten, und mit den Körpern, die wir nutzen, sind wir nun mal auf eure Fortbewegungsmittel angewiesen. Es wird noch eine Weile dauern, bis ihr euch effektivere und sichere Methoden einfallen lasst, als euch in unsicheren Blechbüchsen stundenlang am Himmel entlang zu bewegen."

Bisher hatte ich keine Flugangst gekannt, bei Eriks Darstellung aber sank das Vertrauen in die moderne Flugtechnik dann doch ein wenig. Ich aß meinen Snack, trank ein paar Schlucke Wasser und hing meinen Gedanken nach. Unwillkürlich begann ich, mit einem Stift auf einem Block, den ich immer in meiner Tasche hatte, Eriks Konturen zu zeichnen. Ein Gespräch wegen der vielen Fragen anzufangen, die ich hatte, ging jetzt nicht, da wir direkt neben anderen wartenden Passagieren saßen.

So genoss ich es, endlich Zeit dafür zu haben, Eriks Gesicht richtig zu betrachten. Ich fand es ausgesprochen attraktiv. Es hatte eine Mischung aus Männlichkeit, aber durch die Ebenmäßigkeit auch etwas beinahe Jugendliches, was mich sehr fesselte. Das Faszinierendste jedoch waren seine Augen, die eine solche Kraft und Magie ausstrahlten, dass ich irritiert zur Seite schauen musste, als Erik mich anblickte und fragte, was ich gerade tue.

„Ach, ich kritzel … hier nur ein wenig rum", stammelte ich irritiert und fragte mich, wieso er mich immer wieder so aus der Fassung bringen konnte.

„Darf ich mal sehen?"

„Oh, na ja, es ist mir ein wenig peinlich … ich hab versucht, dich zu zeichnen", erklärte ich.

„Ist mir nicht entgangen. Darf ich?" Erik grinste und nahm mir sanft den Block aus der Hand.

„Das sieht tatsächlich aus wie dieses Gesicht", bemerkte Erik und fuhr dabei mit der Linken über sein Gesicht.

„Ja, meinst du?", fragte ich noch mal nach.

„Doch! Und es wirkt sehr lebendig, dein Bild", ergänzte Erik.

„Ich versuche immer, mit dem Herzen zu malen", erklärte ich und fragte mich, ob Erik verstand, was ich damit meinte.

Wie zur Bestätigung sagte er: „Ich glaube, ich verstehe, was du meinst. Kannst du dich dazu malen?"

„Also, ich weiß nicht. Das find ich nicht so einfach, könnte ein bisschen komisch aussehen, wenn ich versuch, mich zu zeichnen."

Als ich zauderte, sagte Erik: „Bitte, versuche es, Marla."

Also zeichnete ich weiter. Nach einer Weile drehte ich den Block um und fragte mit skeptischem Blick: „Na, was meinst du, ist mein Selbstporträt geglückt?"

„Also ich erkenne dich, aber ich muss sagen, dass du in Wirklichkeit noch bedeutend hübscher bist. Die Augen hast du am besten hinbekommen, der Rest stimmt nicht so ganz. Aber es ist gut, und zwei Gesichter auf dem Blatt sind schöner als ein einzelnes", sagte Erik mit einem Zwinkern in den Augen.

„Dann lass ich das mal so. Mein Vater hat immer gesagt: ‚Nach fest kommt ab, wenn man eine Schraube anzieht'. Und daher radiere ich da jetzt nicht rum, sondern steck das Bild ein."

Erik lächelte mich nur an, nahm mich in den Arm und sagte: „Ruhe dich etwas aus, Marla."

Ich lehnte mich in seine Arme, fühlte mich auf einen Schlag wieder so unendlich geborgen und schlief schon nach wenigen Minuten ein.

Jemand rüttelte mich an der Schulter.

„Marla, wach auf, unser Flieger startet bald", sagte Erik mit sanftem Nachdruck.

Ich hatte Mühe, ganz wach zu werden. In den letzten Tagen erfasste mich häufig eine bleierne Müdigkeit, die sich nur schwer aus meinen Gliedern vertreiben ließ. Davor hatte ich häufig lange wach gelegen, bis ich endlich eingeschlafen war, aber jetzt glitt ich, sobald ich ein wenig Ruhe bekam, sofort in tiefen Schlaf.

Erik übergab mir eine Bordkarte, und ich rappelte mich auf, warf den Müll, den ich noch auf meinem Schoss hatte, in den Eimer und trabte hinter Erik und Medusa her.

Wir gingen durch den Sicherheitsbereich, wobei ich trotz der Müdigkeit aufgeregt war, weil ich mich insgeheim fragte, ob meine beiden Gefährten nicht irgendwie auffallen würden.

Und tatsächlich, als Erik durch den Sensor ging, piepste dieser laut und schräg und quittierte dann prompt den Dienst. Die Beamten waren alarmiert und führten Erik wie einen dringend

Tatverdächtigen an die Seite. Sie hielten ihn fest an den Armen gepackt, durchsuchten ihn und schienen ratlos, warum ihre Geräte heute nicht funktionierten, obwohl es bei diesem Passagier augenscheinlich nichts Ungewöhnliches zu entdecken gab.

„Scheint ein mechanischer Defekt zu sein, entschuldigen Sie, bitte. Sie können weitergehen", erklärte ein Sicherheitsbeamter Erik, nachdem er sich mit seinen vier Kollegen beratschlagt hatte.

Medusa handelte nach dem Motto „Angriff ist die beste Verteidigung" und redete auf die Beamten ein, wie dringend sie ihren Flieger kriegen müsste und ob die Herren ihre Geräte nicht anständig warten oder bedienen würden. Da das Gerät weiterhin streikte, wurden Medusa und ich eher halbherzig mit dem Handkontrollgerät gescannt und konnten unseren Weg dann fortsetzen.

„Meine Güte, Mister Tausendvolt, das war aber knapp. Unser Flugzeug darfst du aber nicht so irritieren, sonst wird das nichts mit London", versuchte ich einen Scherz, als ich Erik eingeholt hatte, obwohl mir fast schlecht vor Aufregung war.

„Keine Angst, das werde ich nicht tun", gab Erik souverän zurück. Er schien das Ganze entspannter zu sehen und ging ruhig den Gang zu den Gates entlang. Ihn brachte so schnell nichts aus der Fassung, hatte ich den Eindruck.

Wenig später saßen wir drei im Flugzeug. Ich fragte mich zwar, wie Erik und Medusa an die Pässe und Tickets gekommen waren, war aber immer noch zu erschöpft, um nachzufragen, wie Medusa es angestellt hatte, alles in so kurzer Zeit zu organisieren. Etwas anderes war wichtiger.

„Stonehenge", sagte ich nur knapp zu Erik. „Ich war noch nie dort, wollte da aber immer mal hin. Die Typen, die wir suchen, sind sicher nicht wie ich touristisch interessiert. Also warum gerade Stonehenge?"

„Stonehenge ist ein, wie ihr es nennt *magischer Ort*, das heißt, es ist ein Tor in andere Welten oder auch eine Art Transformator für Seelen …", erklärte Erik, wobei ich nicht genau verstand, was genau er mir damit sagen wollte.

„Geht das ein bisschen ausführlicher … verständlicher?", hakte ich daher nach.

„Seelen können dort den Körper wechseln oder auch nach *Hel*, *Asgard* und auch woanders hingelangen. Und bevor du wieder nachfragst: Weitere Erklärungen gibt es diesbezüglich nicht für dich!"

Na prima! Immerhin wusste ich nun das Wichtigste, und da mich das gleichmäßige Brummen des Flugzeugs einlullte, sodass mich wieder die imperative Müdigkeit übermannte, hätte ich seinen weiteren Ausführungen ohnehin nicht mehr folgen können.

Diesmal glitt ich in einen Traum, in dem ich über grüne Hügel dahinschritt und mein Weg mich zu einer Ansammlung großer behauener Steine führte. Die Steine warfen lange Schatten, es war Abend geworden. Von einer Seite her näherte sich eine Gruppe Menschen dem Ring aus Steinen. In ihrer Mitte ging ein Mädchen, dessen langes Haar im Wind wehte.

Stonehenge

Am Flughafen in London mieteten wir uns ein Auto und verließen unverzüglich die Stadt in Richtung Südwesten. Erik saß am Steuer und kam erstaunlich gut mit dem Linksverkehr klar. Medusa hatte auf dem Rücksitz Platz genommen und ich neben Erik auf dem Beifahrersitz. Von Zeit zu Zeit sah ich verstohlen zu ihm hinüber, denn ich wollte nicht, dass Medusa mich dabei ertappte, wie ich Erik betrachtete.

Erik selbst schien konzentriert, blickte beinahe unablässig auf die verregnete Fahrbahn und überschritt zumeist die zulässige Höchstgeschwindigkeit, um nicht noch mehr kostbare Zeit zu verlieren.

„Erstaunt mich schon ein wenig, dass du Autofahren kannst", sagte ich nach einer Weile.

„Ich hab mir am Flughafen, als du geschlafen hast, dein iPad ausgeliehen und mich informiert, wie sich das Fahrzeug bewegen lässt, und welche *Verkehrsregeln* es gibt." Er sprach das Wort aus, als wäre es ein Fremdwort für ihn, und ungefähr so fuhr er auch. Hin und wieder, wenn er ein weiteres Mal in letzter Sekunde bremste, krallten sich meine Finger Halt suchend in das Armaturenbrett oder in den Sitz. Ich hoffte nur, dass wir heil ankommen würden.

Da der Flughafen am Rande Londons lag und es bereits Nacht geworden war, ließen wir die Großstadt schnell hinter uns und benötigten nur eine gute Stunde, bis wir die Straße kurz hinter Amesbury verließen.

Während der weiteren Fahrt redeten wir kaum, verständigten uns nur über den Weg. Ich spürte, dass wir alle drei bis zum Zerreißen angespannt waren wegen der Frage, ob wir noch rechtzeitig an dem Monument eintreffen würden. Das Mädchen Any und ihre Entführer hatten einen stundenlangen Vorsprung, auch wenn der Weg von London bis hierher für uns nicht besser hätte klappen können.

Nicht weit hinter Amesbury sah ich bald darauf im Dunkeln die hoch aufragenden graubraunen Felssteine aus meinem Traum auftauchen. Ich hatte mir dieses Weltkulturerbe schon öfter anschauen wollen, auch wenn es durch den Massentourismus und die Nähe zur Straße nur noch wenig mystisch erschien. Die Umstände, wie ich nun hierher gelangte, hatte ich mir allerdings bei Weitem anders ausgemalt.

Auf dem Gelände gab es ein kleines Touristenzentrum, von dem ich wusste, dass es demnächst abgerissen werden sollte, um der Landschaft wieder ihr ursprüngliches Aussehen zurückzugeben. Die Gebäude lagen im Dunkeln und wirkten verlassen. Wir steuerten direkt darauf zu.

„Ich dachte, die Stätte wird bewacht?", wandte ich mich an Erik und Medusa, weil ich mich erinnerte, davon gelesen zu haben.

„Wenn es so ist, dann haben die dort sicher was dagegen unternommen", erwiderte Erik und zeigte in Richtung der Steine.

Wir hielten auf dem Besucherparkplatz an, wo etwas entfernt zwei andere Autos standen. Als wir ausstiegen, konnte ich ein paar Gestalten zwischen den Steinen umherhuschen sehen. Just in diesem Moment ging ein blaues Licht von den Steinen aus und beleuchtete die Szene im Steinkreis für einen kurzen Moment noch deutlicher, als der Mond es bereits getan hatte.

„Verdammt! Wir kommen zu spät!", rief Erik und stürmte ohne weitere Worte los.

Medusa und ich eilten hinterher, den Hügel hinauf. Aus der Ferne konnte ich drei Personen erkennen, die das Monument zur anderen Seite hin verließen. Sie mussten uns bemerkt haben, denn sie rannten, wobei zwei von ihnen den dritten stützen mussten, denn dieser schien irgendwie beeinträchtigt und unsicher auf seinen Füßen.

Trotzdem saßen sie nach kurzer Zeit auf zwei Motorrädern, die in der Nähe der Steine gestanden hatten. Den Angeschlagenen hatten sie in den Beiwagen des einen Motorrades gehievt, und nun brausten alle drei davon, so schnell es der unwegsame Boden ermöglichte. Erik folgte ihnen, während Medusa und ich zum Steinkreis liefen.

Völlig außer Atem kamen wir dort an und begannen, uns zwischen den Steinen umzusehen. Die behauenen Steine waren in Kreisen angeordnet, manche zu einer Art Tor gestapelt, doch die meisten waren umgestürzt. Ich wusste nicht so recht, wonach ich suchen sollte. Doch dann sah ich eine kleine Gestalt zwischen den Felsbrocken liegen. Das Mädchen Any!, durchfuhr es mich, und ich war mit wenigen Schritten bei ihr und beugte mich über sie.

„Any!", rief ich, doch sie reagierte nicht.

Sie lag wie leblos auf der Seite, hatte die Augen geschlossen. Ihre Haare hingen ihr wirr ins Gesicht, das ein wenig verschmutzt war. Äußerlich sah ich keine Verletzungen. Ich drehte sie vorsichtig herum und untersuchte sie. Ihre Atmung ging ruhig und gleichmäßig, der Puls war regelmäßig und kräftig. Aber sie wurde nicht wach, selbst als ich sie ein bisschen kniff, um sie mit dem leichten Schmerzreiz aus ihrer Ohnmacht zu holen.

Medusa sah mir zu und wirkte dabei besorgt, aber ich beschwichtigte sie: „Sie ist ohnmächtig, scheint aber so weit okay zu sein."

Erik war in der Zwischenzeit zu uns zurück gesprintet und rang etwas nach Luft.

„Sie sind entkommen!", und mit einem Blick auf die Kleine japste er: „Ist sie am Leben?"

Ich nickte. „Am Leben ist sie, aber sie wird nicht wach. Lass sie uns hier wegbringen", bat ich ihn.

Erik hob das blonde Mädchen behutsam auf und trug es zu unserem Auto hinüber. Er legte sie vorsichtig auf die Rückbank, und ich setzte mich daneben und hielt ihren Kopf in meinen Armen.

„Was jetzt?", fragte ich.

„Wir müssen weiter. Es ist unbedingt notwendig, Markus einzuholen", gab Erik zurück.

„Wir müssen erst das Mädchen versorgen! Ich glaube nicht, dass wir sie in diesem Zustand transportieren sollten. Eigentlich müssten wir einen Krankenwagen rufen. Aber dann wären wir natürlich echt in Erklärungsnot. Am besten, wir warten, sie ist ja stabil. Wir kriegen Markus schon. Vor dem Flug hatten wir es doch auch nicht so eilig …"

„Marla, dir ist nicht klar, was passiert ist!", unterbrach Erik mich heftig. „Sie haben die Seele, die in dem Mädchen war, in einen anderen Körper transferiert! Momentan haben wir keine Spur, und es ist nicht klar, ob du weiterhin Kontakt zu der Seele haben wirst … und sie sind ohnehin so gut wie am Ziel! Sie sind kurz davor, zu gewinnen, und das würde keine guten Auswirkungen haben für alle auf der Erde. Markus oder wer oder was auch immer wird schon bald eine Macht erlangen, die für keinen von uns gut ist! Wir müssen uns beeilen!", erklärte Erik mit einem gehetzten Unterton.

„Nein Erik, du hast recht, mir ist nichts klar! Nichts von dem, was du mir erzählst. Und ich will jetzt endlich mehr Informationen, sonst kann und will ich bei diesem Mist nicht mehr mitmachen! Ich werd mich um das Mädchen kümmern, egal, was und wer sie ist, und wenn ihr mich mehr ins Bild setzen würdet, dann haben meine Bemühungen vielleicht auch eine Chance. Es tut mir leid, aber wir können sie nicht mitnehmen, und zurücklassen kann ich sie auch nicht. Kapiert?", fuhr ich die beiden wütend an.

„Das gibt keinen logischen Sinn! Ein kleines Mädchen kann nicht wichtiger sein als das Wohl der Menschheit", entgegnete Erik ungeduldig.

„Lass sie! Ich verstehe Marla", entgegnete Medusa beschwichtigend. „Was musst du wissen?", fragte sie mich unerwartet.

„Was ist Any? Ein Mensch, ein *Hel*-Wesen? Hat sie noch eine Seele? War Any ebenfalls tot, bevor die *Hel*-Seele in sie gelangte?"

Medusa nickte und sagte: „Man braucht nicht unbedingt einen toten, also nicht mehr beseelten Körper, um eine Seele dort einziehen zu lassen. Es ist nur so, dass zwei Seelen in einem Körper zwangsläufig gegeneinander kämpfen, und daher ist es besser, dies zu vermeiden. Deshalb haben sie Any ausgesucht. Bei Kinderseelen ist dies nicht unbedingt der Fall. Unseren Gegnern ist es gelungen, eine *Hel*-Seele in ein Kind zu transferieren. Das funktioniert leichter, und ein Kind kann man auch besser entführen. Any war einfach zur falschen Zeit am falschen Ort. Dass ihre Seele Schaden nehmen könnte, war Markus und Konsorten egal, Any sollte nur das Gefäß sein. Und auch ich weiß nicht, ob ihre Seele es geschafft hat und Any wieder zu sich kommen wird, Marla", erklärte mir Medusa mit Bedauern in der Stimme.

„Oh, ihr *Hel*-Wesen! Uns läuft die Zeit davon! Was musst du noch wissen, Marla?", fragte Erik aufgebracht.

„Was ist so schlimm daran, wenn sie die Seele haben? Ich möchte wissen, um was wir hier kämpfen!"

Medusa antwortete wieder an seiner Stelle: „Die Seele, die sie aus *Hel* entführt haben, ist pure *Hel*-Energie, eine alte Seele in ihrer reinsten Form. Du hast ein bisschen was von dem gesehen, wozu ich in der Lage bin, und glaube mir, ich habe noch ein paar andere Tricks auf Lager. Die andere Seele hat noch weit mehr Potential. Wenn es einem Menschen gelingt, diese in sich aufzunehmen, hat er Kräfte, die ein Mensch nicht haben sollte. Er kann Gedanken kontrollieren und Gefühle, kann perfekte Illusionen erschaffen und große Teile der Menschheit manipulieren. Wenn dieser Jemand es nicht gut mit der Menschheit meint, habt ihr ein Problem. Und Markus scheint nicht gerade auf das Wohl anderer Menschen bedacht zu sein."

„Aber würde es diesen Menschen nicht zerreißen, solange er eine eigene Seele hat?", wollte ich wissen.

„Nur kurz: Es gibt Schutzmechanismen, und dann funktioniert es. Leider! Aber ich muss Erik zustimmen, wir haben keine Zeit mehr, und wir müssen jetzt weiter!" Medusa erhob ihre Stimme etwas, und ich konnte ihr anmerken, dass auch ihre Geduld am Ende war.

„Ich bleibe bei dem Mädchen und werde es nach London bringen, und irgendwie wird es von da aus nach Deutschland zurückgelangen. Ihr zwei müsst ohne mich weiter. Bitte, lasst mich wissen, wo ihr seid. Ich werde dann versuchen, euch zu finden", erklärte ich.

Die beiden schauten sich fragend an.

„Sicher?", hakte Erik noch einmal nach.

Ich nickte traurig, denn ich wollte nicht, dass er ging, ich wollte bei Erik bleiben.

„In Ordnung, dann lasst uns keine Zeit verlieren! Ich hole ein anderes Fahrzeug. Da drüben steht noch ein Wagen", rief Medusa und lief bereits los.

Wahrscheinlich wollte sie Erik und mir einen kurzen Moment des Abschieds gönnen.

Tatsächlich nahm er mich in den Arm, schaute mir in die Augen und flüsterte: „Wir werden uns wiedersehen."

Er gab mir einen zärtlichen Kuss, und ich wollte ihn nicht loslassen, aber wir hatten keine Zeit für Gefühle. Erik löste sich von mir und stieg dann schnell zu Medusa ins Auto. Mit quietschenden Reifen verschwanden die beiden in die Richtung, in der Markus und seine Vasallen zuvor verschwunden waren. Ich blieb zurück inmitten der Dunkelheit und fühlte mich verlassen und unendlich allein.

Traurig widmete ich mich der Kleinen, die immer noch mit geschlossenen Augen auf dem Rücksitz des Wagens lag. Ich beschloss zu warten, verriegelte die Türen von innen und überlegte, ob es ratsamer wäre, das Fahrzeug ein wenig weiter weg hinter den Gebäuden zu parken. Da man den Parkplatz aber von diesem Punkt aus gut überblicken konnte und Ruhe für das Mädchen das Beste zu sein schien, entschied ich mich dagegen. Anys Entführer würden wohl kaum zurückkommen, und falls die Polizei hier eintreffen würde, würde ich Any wenigstens in helfende Hände übergeben können.

Zunächst beobachtete ich die Umgebung ganz genau und kontrollierte hin und wieder den Zustand des Kindes. Alles blieb ruhig, und Any zeigte keine Veränderungen, weder zum Schlechten noch zum Guten. Ich begann, meinen Gedanken nachzuhängen und ein wenig wegzudösen, als ein leises Stöhnen mich wieder ganz wach machte. Das Mädchen bewegte sich, und ich sah es hoffnungsvoll an. Es schlug die Augen auf und schaute verwirrt und ängstlich umher.

„Du bist in Sicherheit. Versuch, ruhig zu bleiben, ich möchte dir helfen. Kannst du dich an irgendetwas erinnern?", fragte ich so ruhig und sanft wie möglich. Ich hatte keine Ahnung, wie sie reagieren würde, aber ich war heilfroh, dass sich ihr Zustand veränderte. Alles war besser, als dass sie bewusstlos in meinen Armen lag. Ich hoffte inständig, dass sie durch das, was immer ihr Markus' Männer angetan hatten, keinen Schaden genommen hatte.

Und tatsächlich stammelte Any: „Ich ... ich weiß nicht. Wo bin ich ... wo ist meine Mama?" Dann schossen ihr Tränen in ihre großen Augen.

Und ich musste meine zurückhalten und schluckte schwer. Sie tat mir so leid, und ich versuchte, sie zu beruhigen. Aber ich war auch unendlich erleichtert, dass sie nicht nur lebte, sondern auch Erinnerungen behalten hatte. Ihre Seele hatte alles gut überstanden und durfte in ihrem Körper bleiben.

„Es wird schwer sein, dir alles zu erklären. Ich werd dich zu deiner Mama bringen, das versprech ich dir. Wie heißt du?", fragte ich weiter, obwohl ich ihren Namen bereits kannte.

„Any", flüsterte das Mädchen.

„Und wie alt bist du?"

„Ich bin neun. Ich hab solche Angst! Wo bin ich, was ist los?", stammelte sie fassungslos und rutschte dabei unruhig hin und her.

„Okay, Any. Ich versteh ja, dass du heftige Angst hast. Ich muss jetzt aber erst einmal fragen, ob dir was fehlt. Weißt du, ich bin Ärztin, und da muss ich wissen, ob mit deinem Körper alles in Ordnung ist. Tut dir was weh oder fühlt sich irgendwas komisch an, na ja, abgesehen von der Angst natürlich?"

Any verneinte, und ich erklärte ihr langsam und möglichst verständlich für eine Neunjährige, dass sie von zu Hause entführt worden sei. Dass die bösen Männer weg seien und man diese verfolgen und bestrafen würde. Vorher hätten die Männer ihr aber eine Medizin gegeben, von der sie eingeschlafen sei und diese sie dadurch sogar in ein anderes Land hätten bringen können.

Any ging mit der Situation erstaunlich gut um und blieb die meiste Zeit relativ ruhig. Vielleicht war sie auch noch ein wenig benommen oder sogar in einem Schockzustand. Zum Glück schien sie mir zu vertrauen.

„Sag mal, ist es okay, wenn ich mit dir in die nächste große Stadt fahre? Hier kann ich dir nicht weiterhelfen."

Any nickte.

„Hast du schon mal etwas von der berühmten Stadt London gehört?"

„Ja, in der Schule", antwortete sie und schaute mich weiter groß aus verheulten Augen an.

„Dort gibt es auch eine Polizeistation und einen Flughafen, und von dort kann ich dich zu deiner Mama zurückbringen."

Bei der Aussicht, ihre Mutter wiederzusehen, erhellte sich ihre Miene ein wenig. Ich bat sie, vorsichtig vom Rücksitz aufzustehen, um vorne im Wagen Platz zu nehmen. Nachdem ich Any auf dem Beifahrerplatz angeschnallt hatte, fuhr ich langsam los. Als das Auto an den barackenartigen Gebäuden vorbeirollte, fiel mir auf, dass eine Eingangstür nicht ganz geschlossen war. Seltsam!

Ich stoppte und erklärte Any, dass ich noch mal kurz etwas nachschauen müsste und sie im Wagen bleiben sollte. Ihr Gesichtsausdruck verriet, dass ihr das nicht gerade behagte, aber sie folgte meiner Bitte.

Mit klopfendem Herzen stand ich vor der Tür und drückte sie vorsichtig auf. Der Vorraum lag im Halbdunkel, beleuchtet nur durch den Mondschein, der durch die Fensterfront fiel. Langsam betrat ich das Innere des Raumes, leuchtete ihn mit meinem Handylicht weiter aus. Ich versuchte, meine Atmung unter Kontrolle zu halten, um nicht so laut zu sein. Langsam durchquerte ich den Raum, wobei mein Herz mir bis zum Hals schlug. Im hinteren Teil war ein Tresen, und als ich mich dort weiter umsah, erschrak ich.

Eine Gestalt lag geknebelt und gefesselt auf dem Boden hinter dem Tresen. Ich beugte mich zu ihr herunter und löste vorsichtig die Fesseln und den Knebel. Ein älterer Herr rappelte sich vom Boden auf und fluchte irgendwas in einem für mich unverständlichen englischen Akzent, schien aber sonst gut beieinander.

Während ich ihm auf die Füße half, erklärte ich ihm, dass irgendwer mit einem Auto vom Gelände gerast sei, ich zufällig vorbeigekommen wäre und nach dem Rechten geschaut hätte. Ich hätte ein verletztes Mädchen im Auto und müsste sie so schnell wie möglich nach London bringen.

Der alte Mann wirkte irritiert, aber auf meinen Rat hin, die Polizei zu rufen, griff er zu seinem Telefon. Er schien mit der Polizei zu telefonieren. Nachdem er aufgelegt hatte, verabschiedete ich mich schnell, wünschte ihm alles Gute und machte mich rasch auf den Weg zum Wagen, um weiteren Fragen ausweichen zu können. Er rief noch etwas hinter mir her, aber ich saß schon neben Any und startete das Auto.

Ich verließ das Stonehenge-Gelände und versuchte, irgendwie mit dem Linksverkehr klarzukommen, was aufgrund des spärlichen Verkehrs zu später Stunde nicht ganz so schwierig war, wie ich befürchtet hatte.

Als Any mir sagte, dass ich auf der falschen Seite fahren würde, erklärte ich ihr, dass man das in England, wo wir uns gerade befänden, so machen würde. Sie erzählte, dass sie in der Schule schon von England gehört hätte.

Es folgten noch viele Fragen, Any brach hin und wieder in Tränen aus, fing sich aber jedes Mal wieder, sodass wir unseren Weg ohne Unterbrechung fortsetzen konnten.

Sie war ein erstaunliches Mädchen mit einer gesunden Mischung aus Neugier und Vorsicht. Ich lenkte sie immer wieder mit Fragen ab, und so gab sie ein wenig mehr von sich preis. Für ihr Alter wusste sie schon viel.

Anys Mutter war Biologielehrerin, und ihr Vater schien im Managementbereich einer Firma zu sein, die laut Any „guten Strom" produzierte. Sie gehe gern zur Schule, erzählte sie, und würde sich zu ihren Katzen, Kaninchen und der Echse „Godzilla" noch ganz doll ein Geschwisterchen wünschen.

Any fragte auch mich ein bisschen aus, und als sie erfuhr, dass ich noch kein Kind hatte, sagte sie:

„Du wirst bestimmt auch mal so eine prima Mama wie meine."

Das verursachte einen kleinen Stich in meinem Herzen. Ich sagte nichts weiter dazu, denn Any sollte nichts von meiner Traurigkeit darüber, dass ich wohl nie Mama werden würde, erfahren.

Stattdessen erzählte ich ihr noch ein wenig über meine Reisen in ferne Länder. Dabei versuchte ich beiläufig, noch ein wenig über die Umstände ihrer Entführung herauszubekommen. Doch ich merkte, dass das Thema zu brisant war: Sie wurde still und ängstlich, sobald meine Fragen in diese Richtung gingen. Und ich wollte Any nicht weiter traumatisieren, also beließ ich es dabei und lenkte das Gespräch auf belanglosere Inhalte.

Als wir nach London kamen, verstummte Any immer mehr und blickte stattdessen interessiert aus dem Fenster. Sie schien wie hypnotisiert von den Lichtern der riesigen Stadt, die deutlich anders war als ihr gewohntes Umfeld. Vielleicht realisierte sie erst jetzt, dass sie weit weg von zu Hause war. Nicht auszumalen, was in diesem Kind vorging und welche Eindrücke sie gerade überwältigen mussten.

Ich war nur froh, dass alles relativ gut klappte, ich mich nicht verfuhr oder es Any so schlecht ging, dass sie meine ungeteilte Aufmerksamkeit benötigte. Irgendwie schaffte ich es, mithilfe des Navis ein Polizeipräsidium zu finden. Vor dem Gebäude parkte ich den Wagen und schrieb in aller Eile einen Brief in englischer Sprache, in dem ich das Notwendigste erklärte: den Namen und die Adresse der Eltern des Kindes –zum Glück hatte sich Amy an alles erinnern können – und eine etwas andere

Geschichte zu den Umständen, wie ich Any gefunden hatte. Außerdem enthielt meine Nachricht die Bitte, dass die Beamten sich mit Deutschland in Verbindung setzen sollten, damit Any schnell wieder nach Hause kommen würde.

Dann kam der schwierigste Teil: Any sollte mit dem Brief allein in das Polizeigebäude hineingehen. Sie bat mich, bei ihr zu bleiben, und als erneut Tränen in ihre Augen traten, musste ich sehr mit mir ringen, ihrem Wunsch nicht nachzugeben. Die Kleine hatte mein Herz im Sturm erobert, aber ich wusste, dass man mich als dringend tatverdächtig ansehen und ich nicht so schnell wieder aus dem Präsidium herauskommen würde.

„Any, meine Süße, du musst noch einmal tapfer sein. Pass auf: Die Polizisten werden dir weiterhelfen, und du wirst bald wieder bei deinen Eltern sein."

„Weißt du, ich habe einen Onkel, der auch bei der Polizei arbeitet", erzählte sie mir, was mir in dem Moment half, sie zu überzeugen.

„Siehst du, Any, dein Onkel ist doch bestimmt ein netter Mensch, und er hilft den Leuten gern, wenn sie in Not sind. Die Polizisten hier in England sind genauso, und sie werden so einem prima Mädchen wie dir sicher helfen. Ich muss ganz dringend fort, weil ich helfen will, die fiesen Leute, die so gemein zu dir waren, zu finden. Das ist wichtig, sonst machen sie noch mehr schlimme Sachen. Verstehst du das? Wenn ich wieder in Deutschland bin, werd ich nach dir schauen. Und Any ... wenn ich eine Tochter hätte, dann sollte sie genauso sein wie du. Du bist ein tolles Mädchen."

Any sah mich an, lächelte ein wenig und umarmte mich. Schließlich stieg sie aus dem Wagen und ging langsam auf das Gebäude zu, drehte sich noch ein paar Mal um und verschwand schließlich hinter der Drehtür.

Mehr konnte ich jetzt nicht mehr für sie tun. Sie war das tapferste neunjährige Mädchen, das ich bisher kennengelernt hatte, und ich hoffte so sehr, dass sie das alles irgendwie verkraften würde und ihr Leben wieder normal weitergehen konnte. Aber damit diese Möglichkeit weiter bestehen blieb, musste ich versuchen, Erik und Medusa bei ihrem Auftrag zu unterstützen.

Schnell startete ich den Wagen und entfernte mich ein gutes Stück vom Polizeipräsidium, denn ich wollte nicht doch noch von den Beamten abgefangen werden. Ich schaute mich nach einem Supermarkt um, da ich dringend etwas zu essen und zu trinken benötigte. Als ich mit meiner Kreditkarte bezahlen musste, fragte ich mich, ob nicht inzwischen schon polizeilich nach mir gesucht würde und man mit den Daten der Karte meinen Standort ausfindig machen konnte. Ich malte mir aus, dass jeden Moment ein Mitarbeiter von Interpol oder einer anderen Institution hinter mir stand und ich geliefert wäre.

Gefangenenbefreiung in Deutschland, Kindesentführung in England, die Liste meiner vermeintlichen Vergehen wurde länger und länger. Was war nur aus der vernünftigen Ärztin geworden, deren ganze kriminelle Energie sich in Parken ohne Parkausweis oder leichten Geschwindigkeitsüberschreitungen erschöpfte?

Bevor ich mich weiter damit befassen konnte, hörte ich meinen knurrenden Magen. Ich hatte Hunger, und paranoid werden half jetzt auch nicht weiter. Vielleicht würde ich ja gleich aufwachen und mich über den abgedrehtesten Traum meines Lebens wundern.

Aber ich wurde nicht wach, stattdessen kam eine SMS von Erik an. Ich hatte eben einen Hotdog verspeist, als er mich so anwies, zum Londoner Flughafen zu kommen. Dort seien Tickets für mich hinterlegt, die mich nach New York und dann weiter nach Chicago bringen würden. Medusa und er hätten einen Flug eher genommen. Weitere Anweisungen würden folgen, und ich sollte auf meine Träume achten während des langen Fluges. Ein Herzchen schloss die SMS ab, und ich schmunzelte.

Also jetzt auch noch um die halbe Welt nach New York!

Nach einem kurzen Anflug von Selbstzweifeln und Zweifeln generell fuhr ich in Richtung Flughafen Heathrow. Ich steckte jetzt schon so tief im Schlamassel, da konnte mein Abenteuer ruhig auch auf einem anderen Kontinent weitergehen. Und ich bekam ja nicht alle naslang die Möglichkeit, bei der Rettung der Menschheit mitzuwirken!, versuchte ich, mir Mut zu machen, fühlte mich aber dabei wie ein kleines verirrtes Licht am Ende der Welt und war mir gar nicht sicher, ob ich ihnen wirklich folgen sollte.

Tatsächlich waren die Tickets und sogar ein Touristenvisum hinterlegt worden. Wie auch immer Erik oder Medusa das wieder einmal in kurzer Zeit arrangiert hatten, auf sie war Verlass.

Meine Gedanken kreisten erneut wie in einem Karussell: Es musste Erik wichtig sein, dass ich zu ihnen kommen sollte, sonst hätte er nicht alles so perfekt vorbereitet. Schließlich hatte sich meine notwendige „Mitarbeit" bei dieser Verfolgungsjagd doch auf die Träume bezogen, die uns zu Any geführt hatten. Und die war jetzt wieder in Sicherheit. Also wenn mich Erik jetzt doch weiterhin bei sich haben wollte, hatte das etwas anderes zu bedeuten.

Dieser Aufwand an Vorbereitung verhinderte aber auch, dass ich das Abenteuer jetzt enden lassen konnte, denn mit einem Ticket nach New York in der Hand konnte ich schlecht aus dem Projekt aussteigen, oder?

Die Entscheidung war damit getroffen – ich würde fliegen.

Da ich noch ein wenig Wartezeit hatte, erwarb ich in den Flughafenshops ein paar nützliche Dinge wie ein Handgepäckstück, Waschutensilien und Kleidung. Ein paar Dollarnoten ließ ich mir auch noch einwechseln, denn sicher war es ratsam, etwas Bargeld dabei zu haben.

Dann machte ich mich auf der Flughafentoilette etwas frisch. Ich hatte das dringende Bedürfnis nach einer Dusche oder noch besser einem warmen Bad, aber Deodorant, Feuchttücher und ein bisschen Make-up mussten dafür reichen, dass ich mich nicht in einen Iltis verwandelte. Es war ein bisschen wie im Barock, als man sich mit Puder, Parfüm und Perücke vor dem Bad drückte. Und als ich wenig später den Flieger nach New York bestieg, fühlte ich mich äußerlich wohler, innerlich sah es anders aus.

Folge deinen Träumen

Obwohl der Flug nach New York über acht Stunden dauerte, schlief ich währenddessen kaum. Zu viel ging mir durch den Kopf, und die füllige Dame neben mir nahm auch einen großen Teil meines ohnehin schon engen Platzes ein. Es war verdammt unbequem, und still zu sitzen fiel mir ohnehin nicht leicht.

Erik hätte doch ruhig ein Ticket für die Business Class buchen können. Ich schmunzelte. Er war ein faszinierender Mann – oder besser ein faszinierendes Wesen? Was er genau war, wusste ich immer noch nicht. Würde ich es jemals erfahren? Ich bewunderte ihn für seinen scharfen Sinn, seine Logik, seine Verlässlichkeit und die Fähigkeit, mit technischen Dingen spielerisch umzugehen.

Aber auch Medusa hatte etwas Faszinierendes: Sie war voll Energie, überraschend, konnte Menschen wie Marionetten manipulieren, war aber auch unglaublich emphatisch. Sie schien nachvollziehen zu können, warum ich Any nicht einfach ihrem Schicksal hatte überlassen können, während Erik sein Ziel klar vor Augen hatte und in einer simplen Rechnung Anys Wohl gegen das der Menschheit abgewogen hatte.

Mir fielen immer mehr Menschen in meinem Umfeld ein, bei denen ich die eine oder andere Eigenschaft Eriks oder Medusas erkannte. Natürlich waren meist beide Eigenschaften vorhanden, aber es schien doch einmal die eine oder andere Seite zu überwiegen – und das war auch gut so. Es gab kein Richtig oder Falsch. Es sollte beides geben: die nüchternen Logiker genauso wie den gefühlvollen Kreativen. Und gerade weil ich eher Letzteres war, fühlte ich mich bei Erik wohl. Er schien mir einen Ausgleich zu geben – wie Yin und Yang oder Tag und Nacht. Er schaffte es, mich in das Abenteuer meines Lebens zu reißen und mir gleichzeitig eine innere Ruhe zu geben. Ich vermisste ihn.

Was auch immer diese Mächte waren oder woher sie kamen, sie hatten etwas Gutes geschaffen. Die Erde mit allem, was darauf existierte, war einmalig und faszinierend. Ich hatte noch immer so viele Fragen. Die wenigen Antworten, die Erik und Medusa mir gegeben hatten, hatten eher weitere Fragen aufgeworfen, als meinen Wissensdurst zu stillen.

Mein Weltbild war ins Wanken geraten. Wir Menschen hatten doch gerade eine Theorie über das Universum entworfen, welche so nachvollziehbar erschien. Sollten die alten Naturreligionen und Überlieferungen doch recht haben und Aufschluss geben über einen ganz anderen Hintergrund?

Ich zwang mich, nicht weiter darüber nachzudenken, denn es verwirrte mich zu sehr. Das Hier und Jetzt war momentan wichtiger.

Meine Gedanken wanderten weiter zu der kleinen Any, die hoffentlich in einem Flieger in die andere Himmelsrichtung unterwegs war, um bald bei ihrer Mutter und ihrem Vater zu sein. Irgendwie wusste ich, dass sie es schaffen und noch eine wichtige Rolle in dieser fantastischen Geschichte haben würde. Wir würden uns wiedersehen, davon war ich überzeugt.

Um meine Gedanken zu ordnen, holte ich wieder mein Tagebuch hervor. Das Aufschreiben meiner Erlebnisse half mir, ein bisschen Ordnung in die unglaublichen Geschehnisse der letzten beiden Wochen zu bringen. Während ich die Wörter niederschrieb, war ich mir immer noch nicht sicher, ob es nicht besser wäre, einfach aufzuwachen und festzustellen, dass alles nur ein Traum war, oder ob es gut war, dass ich all dies miterlebte, ein Teil von etwas Unglaublichem sein durfte. Die Welt würde für mich nicht mehr dieselbe sein. Nein, richtiger war: Sie war für mich nicht mehr dieselbe seit jenem Nachtdienst.

Ich sah mich im Flugzeug um und bemerkte, dass ich teilweise Mitleid mit den Menschen um mich herum empfand, weil sie so unwissend waren, ich sie aber zugleich auch dafür beneidete, dass sie einfach ihrem gewohnten Leben nachgehen konnten. Sie dachten über ihre Jobs nach, über ihre Kinder oder planten den nächsten Urlaub und hatten keine Ahnung davon, was sich hinter den Kulissen abspielte.

Nun ja, Unwissenheit und Naivität hatten auch etwas Gutes, man konnte sich mit eigenen Themen beschäftigen und musste sich nicht mit Weltschmerz herumplagen. Ja, darum beneidete ich die anderen, aber um nichts in der Welt hätte ich die letzten Tage hergeben wollen. Ich hatte unbekannte, unglaubliche Dinge erlebt, hatte mich tatsächlich verliebt und war damit in Emotionen geworfen worden, die ich in dieser Intensität zuvor kaum gekannt hatte. Ich fühlte mich so lebendig wie nie zuvor. Und es waren doch gerade die Gefühle, die uns spüren und bewusst werden lassen, dass wir leben.

Ich schrieb und schrieb, musste irgendwann sogar den Kugelschreiber meiner Nachbarin ausborgen, weil mein eigener den Dienst versagte.

Doch irgendwann schlief ich dann mit dem Stift in der Hand und dem Notizbuch auf dem Schoss ein und hatte wieder einen merkwürdigen Traum:

Ich sah ein junges Paar vor mir. Der Kleidung und dem Aussehen nach schienen es Indianer zu sein. Er trug langes Haar, das mit Federn geschmückt war, und mit Fransen verzierte Beinkleider. Seine ebenmäßigen Züge strahlten Würde und Kraft und eine tiefe Entschlossenheit aus. Die junge Frau hatte ihr Haar zum Zopf geflochten, und sie war ebenfalls mit einem Gewand mit Fransen bekleidet. In ihrem Blick lag die gleiche stolze Entschlossenheit, aber auch eine tiefe Traurigkeit.

Sie standen Hand in Hand an einem Wasserfall und schauten sich tief in die Augen. Dann wendeten sie sich um, sahen in die Ferne über das tosende Wasser hinweg, machten gemeinsam einen Schritt nach vorn und sprangen dann in die Tiefe.

Der Traum endete abrupt, und ich wurde wach, weil die Dame neben mir mich sanft schüttelte. Ich war im Schlaf mit dem Kopf auf ihre Schulter gesunken, und sie forderte ihre Bewegungsfreiheit, weil die Flugbegleiter dabei waren, die Essensrationen auszuteilen.

Ich brauchte einen Moment, um mich zu orientieren, sie lächelte und blickte mich verständnisvoll an. Nachdem ich mich bei ihr bedankt hatte, wollte ich ihr den geliehenen Stift zurückgeben, aber sie antwortete in einem bayrischen Dialekt, ich könnte ihn ruhig behalten. Ich sei sicher eine Schriftstellerin, so, wie ich drauflos geschrieben hätte, und da bräuchte ich doch einen Stift.

Ich ließ sie in dem Glauben, da ich nicht wusste, ob sie nicht, während ich geschlafen hatte, die Seiten meines Tagebuchs überflogen hatte. Wahrscheinlich hätte ich dies auch getan, deshalb war ich ihr nicht böse. Nachdem ich mich für das Geschenk bedankt hatte, aßen wir unsere Snacks, und ich war froh, dass sie Kopfhörer aufsetzte und einen Film anschaute, denn mir war nicht nach einem weiteren Gespräch, obwohl die Frau sehr nett wirkte. Ich hing vielmehr noch ein wenig meinen Gedanken nach und dachte an den merkwürdigen Traum.

Ich hatte nur einen kurzen Aufenthalt am New Yorker Kennedy Flughafen, was schade war, denn es war lange her, dass ich diese pulsierende Metropole, in die ich mich bei meinem ersten Aufenthalt sofort verliebt hatte, besucht hatte. Diesmal bekam ich nur die endlos scheinenden Gänge des Flughafens zu Gesicht und das geschäftige Treiben derer, die ebenfalls dabei waren, ihre Reise fortzusetzen.

Es war ein Durcheinander an Kulturen, Sprachen und Aussehen. Manche schienen gestresst, andere voll freudiger Erwartung, und hin und wieder meinte ich auch Menschen zu sehen, denen nicht so wohl bei dem Gedanken schien, eine „Blechbüchse" zu besteigen, wie Erik es formuliert hatte. Ich beobachtete Menschen gern, aber ich war heute zu beschäftigt, das richtige Gate für den Flug nach Chicago zu finden, was mir im letzten Moment doch gelang. Erik hatte die Aufenthaltszeit in New York knapp kalkuliert, und als ich meinen Platz im Flieger gefunden hatte, war ich erleichtert.

Nach einem vergleichsweise kurzen Anschlussflug nach Chicago bestieg ich ein Taxi, das mich zu einer Adresse bringen sollte, die Erik mir in seiner letzten SMS mitgeteilt hatte.

Immer wieder ging mir durch den Kopf, wie absurd es war, auf blauen Dunst eine Reise in die USA zu unternehmen, und ob ich noch ganz bei Trost wäre. Ohne Erik und Medusa an meiner Seite fehlten mir die Beweise, dass dies alles Realität war. Außerdem konnte ich mir nicht wirklich vorstellen, dass zwei mächtige Wesen wie die beiden einen unbedeutenden Menschen wie mich wirklich brauchten.

Andererseits sollten sie sich unauffällig verhalten und konnten ihre Kräfte nur eingeschränkt nutzen. Zudem war das Leben auf der Erde doch recht komplex und in ständiger Veränderung, sodass sie einen Zeitzeugen wie mich als Ratgeber sicher gut brauchen konnten. Und dann hatte ich ja noch die Vermutung, dass Erik mich auch aus anderen Gründen bei sich haben wollte …

Also konnte ich nicht anders, nannte dem Taxifahrer die Adresse, die Erik mir gesandt hatte, und stand irgendwann vor einem großen Firmengebäude, über dem in großen Lettern „NeTex" stand. Dem Namen nach schien es sich um eine Softwarefirma zu handeln.

Ich bezahlte die Taxifahrt. Was sollte ich als Nächstes tun? Ich entschied mich, nachdem ich mich umgesehen hatte, in ein Internetcafé, welches schräg gegenüber vom Firmengebäude lag, zu gehen. Ich bestellte mir einen Kaffee und setzte mich an einen PC. Gut, dass es diese Möglichkeit in Zeiten des mobilen Internets noch gab, denn mein Handy war im Moment hier in den USA nicht mehr einsatzfähig.

Ich googelte, fand aber wenig Spektakuläres über das Unternehmen heraus. Es bestand seit circa zehn Jahren und hatte fast fortwährend expandiert. Es war führend in verschiedenen Bereichen der Softwarebranche, trotzdem hatte es nur einen geringen Bekanntheitsgrad, und es schien firmenpolitisch gewollt, im Hintergrund zu agieren. Das Unternehmen schien eine „weiße Weste" zu haben.

Warum Erik mich ausgerechnet hierher gelotst hatte, erschloss sich mir nicht. Vielleicht hat *Asgard* hier eine Art Außensitz, spekulierte ich.

Ich verwarf den Gedanken, denn Erik war, wenn ich ihm glauben durfte, der Einzige aus *Asgard*, der sich auf der Erde befand. Es war müßig, darüber nachzudenken, warum ich nun ausgerechnet im Schatten dieses Gebäudes wartete, auf wen oder was auch immer. Stattdessen suchte ich nach Informationen über indianische Sagen, da mir mein seltsamer Traum aus dem Flugzeug wieder eingefallen war.

Und tatsächlich stieß ich auf eine Geschichte oder eher einen Ort, der sich „Minnehaha Falls" nannte. Der Ort lag in einem Park in Minneapolis im Bundesstaat Minnesota, also nicht allzu weit von Chicago entfernt. Der Legende nach hatte dort ein indianisches Liebespaar ein tragisches Ende gefunden, so wurde es in einem Gedicht aus dem 19. Jahrhundert überliefert. Anders als in meinem Traum starb danach die junge Frau jedoch vor ihrem Mann Hiawatha. In meinem Traum waren sie gemeinsam ins Wasser gesprungen. Handelte es sich etwa doch nicht um die gleiche Geschichte?

Romeo und Julia auf Indianisch, dachte ich nur. Wahrscheinlich hatte ich irgendwann mal etwas davon gehört oder gelesen und es in meinem Traum anders verarbeitet.

Ich googelte weiter, versuchte etwas über *Midgard*, *Hel* und *Asgard* herauszufinden und merkte dabei, wie ich immer unkonzentrierter und frustrierter wurde.

Immer wieder blickte ich vom Bildschirm auf und beobachtete die gegenüberliegende Straßenseite. Ich kam mir schrecklich verloren vor. Was sollte ich mutterseelenallein hier in dieser Stadt? Wo war Erik? Und Medusa?

Das Warten wurde mir nach über zwei Stunden unerträglich. Ich zahlte meine Rechnung und ging zum NeTex-Gebäude hinüber, war jedoch unschlüssig, ob ich einfach hineingehen sollte.

In Eriks SMS hieß es nur: „Warte hier", und darunter stand die Adresse. Vielleicht bedeutete das ja, dass ich in das Gebäude gehen sollte. Aber ich konnte dort doch nicht einfach nach Erik oder Medusa fragen! Ein paar Mal lief ich vor dem Gebäude auf und ab und war ganz in meine Gedanken versunken, als sich eine Hand auf meine Schulter legte.

Erschrocken blickte ich mich um und sah in das faltige Gesicht eines älteren dunkelhäutigen Mannes, der in zerlumpten Kleidern und mit einem alten Einkaufswagen voll undefinierbarer Habseligkeiten vor mir stand. Er sprach mit mit einem breiten amerikanischen Slang.

„Sind Sie diejenige, die hier auf zwei Typen wartet?"

„Das könnte sein", antwortete ich, nachdem ich meinen Schreck überwunden hatte. „Warum wollen Sie das wissen?"

„Nun, die beiden haben mir fünfzig Dollar in die Hand gedrückt und mich beauftragt, Ihnen eine Nachricht zu übermitteln: *Folge deinen Träumen!*"

Verdutzt und ein wenig enttäuscht sah ich ihn an. „Ist das wirklich alles?"

„Ja, Ma'am!"

Ich ließ nicht locker und erkundigte mich, was dann geschehen sei. Der Obdachlose berichtete, dass die beiden es eilig gehabt hätten und schnell in einen blauen Ford eingestiegen und davongefahren seien.

„Sie waren kaum weg, da ist eine schwarze Limousine aus der Ausfahrt des NeTex-Gebäudes gerast und mit quietschenden Reifen in der gleichen Richtung verschwunden. Die haben mich fast umgefahren, diese Idioten!"

Ich ließ mir die beiden Personen, die ihm den Auftrag erteilt hatten, noch beschreiben und hatte danach keinen Zweifel mehr, dass es sich um Erik und Medusa gehandelt haben musste. Auf die Frage, wann das gewesen sei, erklärte mir die zerlumpte Gestalt: „Zeit spielt für mich keine Rolle. Nein, ich achte nicht auf sie. Aber ein paar Stunden wird es wohl her sein, aber genauer kann ich Ihnen das nicht sagen."

Nachdem ich mich bei dem alten Mann bedankt hatte, gab ich ihm noch zwanzig Dollar für seine Information und verabschiedete mich. Er grinste zufrieden und schob seinen Einkaufswagen langsam weiter.

Ich war erleichtert, dass mein Weg bis hierhin richtig gewesen war, aber zugleich enttäuscht, Erik noch nicht gefunden zu haben. Der Wunsch, ihn wiederzusehen, wurde immer stärker und die Angst, dass es dazu nicht mehr kommen würde, ebenfalls. Ihn wenigstens noch einmal in meiner Nähe zu haben – das musste doch möglich sein!

Ich nahm ein Taxi zurück zum Flughafen. Der einzige Traum, den ich gehabt hatte, war der über die Geschichte der „Minnehaha Falls". Falls ich richtig recherchiert hatte! Es war die einzige Spur, die ich jetzt noch verfolgen konnte. Ein Fragment einer Spur, die mich wenig später erneut einen Flieger, diesmal nach Minneapolis, bestiegen ließ.

Am Wasserfall

„Einige Stunden" Vorsprung waren eine mehr als dürftige Zeitangabe, die ich von meinem Informanten erhalten hatte. Wenn die beiden die Strecke mit dem Auto zurücklegten, hatte ich vielleicht eine Chance, sie einzuholen. Ansonsten konnte ich nur auf eine neue Spur vor Ort hoffen, und auch, dass die beiden ihren Verfolgern nicht in die Hände gefallen waren. Wenn ich die Ausführungen des alten Mannes in Chicago richtig interpretierte, waren sie nun auf der Flucht. Warum sie nun die Gejagten waren, konnte ich mir nicht erklären – etwas Entscheidendes musste sich verändert haben.

Zur Ablenkung und Beruhigung meiner Nerven nutzte ich die Zeit des Fluges wieder, um mein Tagebuch weiterzuschreiben. Beim Anblick des Kugelschreibers musste ich kurz lächeln: *ich und Schriftstellerin!* Die nette Dame aus dem Flieger nach New York hatte eine nahe liegende Schlussfolgerung gezogen. Das Motto „Wenn man Hufgetrappel hörte an Pferde denken", war sicher meistens richtig. Aber in meinem Fall waren es eben doch die Zebras.

Ich war keine Schriftstellerin, sondern eine Frau, die unvermittelt in eine irre Geschichte hineingezogen worden war und begann, diese fantasievolle Story zu akzeptieren, denn sonst würde ich wohl kaum in einem Flieger nach Minneapolis sitzen, weil ich von einem Wasserfall geträumt hatte!

Das Flugzeug war deutlich kleiner als der Transatlantikflieger, der mich nach New York gebracht hatte, und er war nicht einmal halb besetzt. Der Blick nach draußen offenbarte mir eine leichte Schneeschicht auf der Landschaft. Ich kam nicht umhin, den Gesprächen meiner Sitznachbarn zu lauschen, die sich darüber unterhielten, dass der Winter in diesem Jahr ungewöhnlich mild und dieser erneute Wärmeeinbruch ihnen sehr recht wäre. Die Winter so weit nördlich in den USA würden für gewöhnlich mehrere Monate dauern und seien mit viel Schnee und Kälte verbunden. Momentan läge dort, wo sich sonst Berge von Schnee türmten, nur eine wenige Zentimeter dicke Schicht, die zudem im Begriff sei, zu tauen. Wahrscheinlich sei der Klimawandel schuld, schlussfolgerten meine Nachbarn.

Ob es für den plötzlichen Wetterumschwung einen anderen Grund gab? Ob sich wohl eine unsichtbare Macht in die Geschehnisse einmischte und an den Parametern des Klimas ein wenig gedreht hatte?

Ich schüttelte leicht den Kopf, weil ich mir so etwas, nachdem ich Erik und Medusa kannte, nun sogar vorstellen konnte. Aber so, wie die meisten Menschen waren, suchten wir für alles unsere wissenschaftlichen Erklärungen und brauchten für alles Beweise. Ich hatte das Träumen verlernt gehabt, und ihre Bedeutung immer anders gesehen. Jetzt wurde ich aber eines Besseren belehrt und jagte sogar meinen Träumen hinterher.

Ob wir nun von wissenschaftlichen Erklärungen oder Träumen geleitet werden, letztendlich sind wir

Marionetten auf einer Bühne, und Regie führt etwas uns Unbekanntes, dachte ich.

Am Flughafen von Minneapolis bestieg ich ein Taxi und ließ mich auf dem schnellsten Weg zu dem Park mit den „Minnehaha"-Fällen fahren. Der Fahrer fragte, ob ich zu einer Hochzeit unterwegs sei, denn der Park sei ein beliebter Ort dafür. Ich erfand irgendeine Antwort und schmunzelte bei dem Gedanken, ihm die Wahrheit zu erzählen und mir seine Reaktion vorzustellen.

Das Erlebte machte mich mehr und mehr zu einer Einzelgängerin. Während ich es bisher liebte, Leute kennenzulernen und mehr über sie zu erfahren, hatte ich diese Tage die meiste Zeit ruhig und verschlossen in Flugzeugen, Wartehallen und Taxis verbracht. Wem hätte ich mich auch anvertrauen sollen?

So vieles musste ich für mich neu sortieren und hinterfragen. Mir die Lebensgeschichten anderer Menschen anzuhören, hätte neue Informationen bedeutet, die ich nicht auch noch aufnehmen wollte. Außerdem hatte ich fortwährend ein leichtes Gefühl der Angst. War ich noch wichtig für Markus und seine Schergen? Und hatte ich auch in diesem Land etwas zu befürchten wegen der Befreiung Eriks in Deutschland und der Entführung eines kleinen Mädchens nach England?

Langsam konnte ich nachempfinden, wie sich meine Patienten mit Verfolgungswahn fühlten. Eine ständige Unruhe machte sich in mir breit, und ich beobachtete unablässig meine Umgebung. Auf Dauer war dies ganz schön kräftezehrend.

Als wir am Park eintrafen, verließen die meisten Besucher den Park bereits. Ich zahlte in aller Eile das Taxi und lief zum Eingang hinüber. Der Pförtner wies mich darauf hin, dass der Park bald schließen würde, und ich erklärte ihm, dass ich morgen abfahren müsste und nur einen kurzen Eindruck vom Park mitnehmen wollte. Also ließ er mich doch noch ein.

Kurze Zeit später wanderte ich etwas planlos durch die Parkanlage und gelangte schließlich an den kleinen Wasserfall, der wirklich hübsch gelegen war. An den Seiten des Wasserfalls hatte sich Eis gebildet, das Flüsschen jedoch war größtenteils offen und das Wasser plätscherte und gurgelte vor sich hin.

Ich schlenderte zu der Bronzeskulptur hin, die in der Nähe des Wasserfalls stand und einen Indianer, Hiawatha, zeigte, der eine Indianerin, Minnehaha, auf dem Arm trägt. Auf mich machte die Skulptur einen traurig-romantischen Eindruck. In der Kürze der Zeit war ich bei meiner Google-Recherche nicht ganz hinter die Geschichte dieser Skulptur gekommen. Es war ein romantisches Märchen, das in Versform im 19. Jahrhundert verfasst worden und wohl realen Personen angedichtet worden war.

Ich ging um die Statue herum und besah sie ein wenig genauer, als sich unerwartet eine Hand auf meinen Mund legte. Zunächst glaubte ich wieder, einen Boten vor mir zu haben, doch als ich mich umdrehte, sah ich in Eriks grüne Augen, und mein

Herz machte vor Glück einen Satz. Gerade als ich seinen Namen ausrufen wollte, bedeutete er mir, ruhig zu sein, und zog mich ins Dickicht hinter den beiden Bronzefiguren.

Die Bäume und Sträucher waren trotz der Jahreszeit dicht genug, um uns zu verbergen. Er hielt mich fest in seinen Armen, ich spürte seine Wärme und war unendlich glücklich und erleichtert. Er nahm mein Gesicht in seine Hände, sah mich mit seinem unverwechselbaren heißkalten Blick an und küsste mich. Wohlige Flammen schienen durch meinen Körper zu lodern, und ich vergaß wieder Zeit und Raum.

Bis ich eine leise, mir bekannte Stimme vernahm: „*Wir* freuen uns auch, dich zu sehen, Marla."

„Medusa", flüsterte ich.

Sie legte den Finger auf die Lippen und bedeutete uns, ihr zu folgen, was ich nur widerwillig tat, denn ich hätte den Moment des Wiedersehens mit Erik noch viel länger genießen wollen. Ihm schien es ähnlich zu gehen. Er zuckte mit einem Ausdruck des Bedauerns mit den Schultern und führte mich hinter Medusa her, ohne meine Hand loszulassen.

Hinter einem kleinen Gebäude hielten wir an, und Erik fragte mit gedämpfter Stimme: „Geht es dir gut?"

Und ich antwortete sofort: „Jetzt ja."

„Es tut gut, dich wiederzusehen, und ich hoffe, dass ich dich nicht doch noch in Gefahr gebracht habe", flüsterte Erik.

Ich wollte natürlich wissen, was geschehen war, und Erik berichtete, dass Medusa und er Markus und seine Kumpanen bis ins NeTex-Gebäude verfolgt hätten.

„Als wir die drei zuvor in Stonehenge knapp verpasst haben, hatten sie gerade die kleine *Hel*-Seele aus Anys Körper in den von Markus transferiert. Markus sollte die Seele nach Chicago bringen, wo der Boss von NeTex schon ungeduldig wartete."

Natürlich hätte ich gerne gewusst, wie das mit dieser Transformation vonstattengegangen war. Auch wollte ich Erik von Any erzählen. Aber er fuhr sogleich fort: „Wir sind so rasch wie möglich nach Chicago gereist, und Medusa hat sich als Mitarbeiterin der Firma NeTex getarnt. Wir haben tatsächlich den Moment des Transfers der Seele in den Körper des Firmenbosses miterlebt, und es ist Medusa gelungen, die Seele in sich aufzunehmen."

„Grandios, nicht wahr! Irgendwie haben wir es dann auch noch geschafft, aus dem Gebäude zu entkommen, obgleich wir natürlich ein wenig Hilfe von *außen* gehabt haben", ergänzte Medusa Eriks Bericht und kam mir dabei vor, als wäre sie ganz überwältigt von Freude und Enthusiasmus. Sie schien ein bisschen wie unter Drogeneinfluss zu sein, irgendwie aufgekratzt, was ich der zweiten Seele in ihr zuschrieb. Wie hatte Markus das zuvor ausgehalten und Any? Markus jedenfalls wünschte ich, dass er verrückt geworden war, als die Seele in ihm war!

„Das heißt, die Seele ist jetzt in dir?", fragte ich Medusa.

„Oh ja, das ist sie, und wir beide werden jetzt bald heimgehen. Wir fühlen uns so gut ... und so kraftvoll!", erklärte sie zufrieden und hob bei dem

Wort *kraftvoll* ihre Stimme so, dass ich unwillkürlich einen Schritt zurückmachte.

„Ruhig, Medusa, mäßige dich!", ermahnte Erik sie, und sie schlug ihre Augen nieder und atmete tief durch.

„Geht schon wieder", sagte sie in gemäßigterem Tonfall.

„Dann ist euer Auftrag hier erfüllt?", hakte ich traurig nach.

„Noch nicht ganz", sagte Erik. „Es könnte noch einmal schwierig werden. Wir müssen warten, bis hier alles ruhig ist, damit Medusa durch das Wasser gehen kann. Aber wir wissen nicht, ob wir unsere Verfolger abhängen konnten. Wir sind alle möglichen Umwege hierher gefahren, aber sicher sind wir nicht. Und die anderen sind nicht dumm. Sie könnten dahinterkommen, was wir vorhaben. Dass wir einen bestimmten Ort benötigen, damit die beiden gemeinsam heimgehen können, werden sich unsere Verfolger zusammenreimen können. Und viel Auswahl an Orten gibt es hier in der Gegend nicht."

Wir warteten etwas abseits des Wasserfalls im Dickicht und beobachteten, wie die letzten Besucher Richtung Ausgang schlenderten. Ich genoss es, in Eriks Nähe zu sein, wollte die Wartezeit aber auch nutzen, um mehr zu erfahren.

„Warum ist dieser Boss nur so erpicht auf diese Seele?", fragte ich Erik leise.

„Macht", antwortete Erik hart. „Das ist für viele leider Grund genug, und ihnen ist jedes Mittel recht."

„Aber woher hat der NeTex-Chef sein Wissen?", fragte ich weiter.

„Ein unglücklicher Zufall. Sein Urgroßvater war Historiker und Archäologe. Er gelangte bei Ausgrabungen in Ägypten an jahrtausendealtes Wissen. Er hatte jedoch weder die Machtbesessenheit noch das Wissen und die Möglichkeiten, damit etwas anfangen zu können. Sein Sohn und sein Enkel hatten andere Interessen und bauten zu ihren Lebzeiten ein kleines Imperium auf. Sie genossen ihren Reichtum, statt sich mit den Fundstücken ihres Ahnen zu beschäftigen. Erst der Urenkel entdeckte die Artefakte und leider auch die Macht, die damit verbunden ist, wieder. Mithilfe der Artefakte ist es möglich, Portale in die anderen Welten zu öffnen. So wurde auch die Seele aus *Hel* entführt. Aber weit gefährlicher ist es, dass auch Wesen, die nicht aus *Asgard* oder *Midgard* stammen, sie nutzen können, um in diese Welten zu gelangen. Dies ist nicht nur eine Gefahr für deine Erde, sondern auch für Medusas und meine Welt. Wir werden Maßnahmen ergreifen, dass ihm sein Wissen nichts mehr nützen wird, und die Tore werden wir schließen", erklärte Erik.

„Dann wird ein Reisen zwischen den Welten nicht mehr möglich sein?", fragte ich enttäuscht.

„Wir haben schon noch ein paar Hintertürchen", erwiderte Medusa.

„Seit das letzte Mal ein *Hel*-Wesen eine neue Weltreligion bewirkt hat, ist es ohnehin vonseiten *Midgards* verboten worden, weiter in die Geschicke der Menschheit einzugreifen. Es ist genug Einfluss auf die Menschheit genommen worden. Wir sind angehalten, zu beobachten und nur im Notfall und mit gegenseitiger Zustimmung einzugreifen, wie du bereits weißt", sagte Erik.

Ich wollte weiterfragen, hatte tausend Fragen auf einmal, aber Erik schnitt mir das Wort ab.

„Genug jetzt, Marla! Du weißt mehr, als erlaubt ist! Und außerdem wird es Zeit für Medusa. Der Park ist leer, und die Nacht ist angebrochen. Medusa muss es jetzt wagen, bevor sie uns finden."

„Ich möchte dir noch sagen, dass *Hel* dir sehr dankbar ist für deine Hilfe", sagte Medusa zu mir.

Ich blickte sie an und fand die Vorstellung merkwürdig, dass das Wesen, welches mir mehrfach im Traum erschienen war, nun in Medusa sein sollte. „Ich hab gern geholfen, wenngleich ich auch nicht alles verstehe."

Medusa lächelte. „Alles Gute, Marla. Es war schön, dich kennenzulernen. Wir sehen uns wieder, irgendwann. Wahrscheinlich in meiner Welt, und ich hoffe, dass du bis dahin ein langes und glückliches Leben haben wirst. Und keine Sorge, euer Geheimnis ist bei mir sicher", sagte Medusa und nahm mich in den Arm.

„Wir werden im Hintergrund bleiben und auf dich achtgeben, Medusa", sagte Erik noch.

Ich konnte nichts erwidern, als sie mich kurz an sich drückte. Meine Kehle war wie zugeschnürt, denn der Abschied nahte. Ich wusste nicht, ob ich froh sein sollte, dass Medusa ging. Sie war ein gefährliches Wesen, manchmal sogar unberechenbar. Aber irgendwie mochte ich sie trotzdem, und ich wusste, dass ich sie vermissen würde. Und ihr Fortgehen bedeutete außerdem, dass auch Eriks Auftrag hier zu Ende war.

Medusa lächelte mich an, zwinkerte Erik zu und sagte zu ihm: „Bis dann, Partner."

Dann schlich sie vorsichtig in Richtung Wasserfall davon. Wir folgten so lautlos wie möglich, blieben aber im Dickicht zurück. Sie trat an den Rand des Wasserfalls, blickte sich kurz um und hob die Hände. Das Wasser begann, noch mehr zu tosen, als es durch den Fall aus der Höhe ohnehin schon tat. Medusa murmelte die gleichen Laute, die Any in meinem Traum von sich gegeben hatte.

Und dann ging alles ganz schnell.

Drei Gestalten schossen wie aus dem Nichts auf Medusa zu. Markus und seine beiden Vasallen hatten sie entdeckt. Erik stürzte sich sofort auf Markus, und Medusa wandte sich dem zweiten Angreifer zu. Sie versuchte, Blickkontakt zu ihm aufzubauen, aber er wich ihrem Blick so gut er konnte aus. Er schien zu wissen, welche Gefahr von Medusas Blick ausgehen würde.

Ich überlegte nicht lange und rannte auf die dritte Person zu, die Medusas Angreifer zu Hilfe kommen wollte. Ich stellte dem Mann ein Bein, worauf er unsanft zu Fall kam. Doch er wirbelte sofort herum, fasste mein Bein und riss mich ebenfalls zu Boden. Schmerzen schossen durch meine Knie, aber ich versuchte, mich dennoch gleich wieder hochzurappeln. Doch er ergriff mich, hielt mich in fester Umklammerung, obwohl ich mich wand wie ein Aal auf dem Trockenen.

Als ich etwas Metallisches aufblitzen sah, steigerte sich meine Angst in Panik. Ich schlug in

Todesangst wild um mich, und was auch immer er in der Hand hatte, schlitterte über den Abgrund und den Wasserfall herunter. Erbost starrte mein Gegner mich an und versuchte, seine Hände um meinen Hals zu legen. Ich wehrte ihn mit aller Kraft ab, schlug und trat um mich. Aus dem Augenwinkel sah ich, wie Markus und Erik kämpften.

Plötzlich verzog Erik das Gesicht und sackte etwas in sich zusammen. Er zog ein Messer aus seiner Brust. Oh mein Gott, er ist getroffen!, durchfuhr es mich.

Meine Todesangst und die Angst um Erik verliehen mir in diesem Augenblick ungeahnte Kräfte. Ich trat meinen Angreifer so massiv, dass dieser von mir wegrutschte, in Richtung Abgrund. Er taumelte, ich trat noch einmal zu. Er verlor den Halt und stürzte mit einem lauten Schrei den Wasserfall hinunter. Ein dumpfer Aufprall erklang und ließ vermuten, dass er auf dem Eis neben dem Wasser aufgekommen war.

Ich arbeite mich hoch und sah noch, wie Erik das Messer, das er zuvor aus seiner Brust gezogen hatte, mitten in Markus' Herz rammte. Mit einem erstaunten Gesichtsausdruck fiel dieser vornüber und blieb reglos liegen. Ich stürzte auf Erik zu, bekam mit, wie Medusas Angreifer irritiert die Szene beobachtet hatte und – dadurch abgelenkt – in Medusas Blickfeld geraten war. Sie starrte ihn an, und er wurde blass, was selbst in der Dunkelheit zu erkennen war, und fiel wie ein gefällter Baum hintenüber.

„Geh, Medusa! Es werden weitere folgen", rief Erik, der Medusas Kampf ebenfalls verfolgt hatte, mit schmerzverzerrter Stimme.

Medusa nickte, drehte sich zum Wasserfall um, hob wieder die Hände und begann ihre Melodie. Ich beachtete Medusa nicht weiter, sondern lief los.

Bei Erik angekommen, nahm er mich in seine Arme.

„Du bist eine wahre Kämpferin", raunte er mir zu.

Ich besah mir seine Wunde und erkannte, wie ernst es war. Als ich ihm in die Augen schaute, sah ich, dass dies auch ihm bewusst war. Ich konnte nichts sagen, mein Hals war wie zugeschnürt. Ihn so zu sehen, machte mir riesige Angst, und obwohl Erik es nicht zeigen wollte, konnte ich mir vorstellen, welche Schmerzen er haben musste.

Ich drückte meinen Schal auf die Wunde, konnte aber den Blutstrom dadurch nicht stillen. Blut sickerte aus seinem Mund. Ich küsste ihn trotzdem, als könnte ich seine Wunden damit heilen.

Als ich mich hilflos und verzweifelt umsah, bemerkte ich, dass Medusa verschwunden war, und ein blaues Leuchten für einen Moment den Wasserfall erhellte.

„Marla, auch ich muss jetzt gehen", sagte Erik traurig, aber bestimmt.

„Geh nicht, du kannst dich doch selbst heilen, nicht wahr?", flehte ich. Ein wenig Hoffnung war noch in mir, aber diese starb mit Eriks nächstem Satz.

„Diesmal nicht … mein Körper ist zu schwer beschädigt. Auch meine Fähigkeiten haben ihre Grenzen", erklärte er schwach.

Mir fiel auf, dass er zum ersten Mal *mein Körper* gesagt hatte.

„Es ist ohnehin an der Zeit zu gehen. Wenn ich noch länger bleibe, dann werde ich zu menschlich und müsste in *Asgards* Verbannung. Ich habe meine Bestimmung, Marla", erklärte er, und es klang, als müsse er sich selbst davon überzeugen.

„Ich weiß", antwortete ich mit einem Zittern in der Stimme. In mir kämpfte alles dagegen an, ich wollte ihn bei mir behalten, uns war zu wenig gemeinsame Zeit gegönnt worden. Es war so schwer, Erik, den ich von ganzem Herzen liebte, gehen zu lassen, aber gerade, weil ich ihn liebte, musste ich ihn gehen lassen. Es war besser für ihn. Das wusste ich.

„Wirst du mir ein Zeichen geben, wenn du es nach Hause geschafft hast?", bat ich ihn und versuchte, die Tränen zurückzuhalten, denn ich wollte ihm den Abschied nicht erschweren.

„Ja, das werde ich. Marla …?", fragte Erik sanft.

„Ja?", antwortete ich und sah in seine wunderschönen grünen Augen.

„Ist das Liebe, was ich spüre?"

Ich lächelte ihn traurig an und gab ihm einen zärtlichen Kuss. „Ich denke, das ist es, Erik."

Ein Lächeln umspielte seinen Mund, und er schloss die Augen – für immer.

Kaum hatte er den letzten Atemzug getan, sah ich, wie sein Körper zu fluoreszieren begann. Ein leises Summen lag in der Luft. Dann erhob sich das

Leuchten, löste sich aus der menschlichen Hülle und verhielt einen Moment über mir. Ich sah ihn zum ersten Mal in seiner wahren Gestalt. Es war unmöglich, ihn zu beschreiben, aber er war wunderschön. Das Leuchten wurde noch einmal intensiver und verlosch dann von einem Augenblick auf den anderen ganz.

Im fahlen Mondlicht sah ich den Körper, den er verlassen hatte, und mir wurde bewusst, dass ich wirklich ihn liebte und nicht seine menschliche Hülle. Denn in dem Moment, als Erik sich gelöst hatte und dann wohin auch immer verschwunden war, hatte der Schmerz in mir begonnen.

Der Körper vor mir veränderte sich, verlor an Farbe und wirkte mit einem Mal zerbrechlich. Ich berührte ihn vorsichtig, und er begann zu zerfallen und löste sich in Staub auf. Mutter Erde nimmt sich zurück, was sie geliehen hat, dachte ich. Der Wind nahm ihn mit sich fort, und ich blieb allein zurück.

Mit Tränen in den Augen erhob ich mich, und der unerträgliche Schmerz in meiner Brust ließ mich wie benommen vor mich hin schreiten, bis ein Geräusch mich ins Hier und Jetzt holte. Ein Mann in der Uniform der Parkwächter stand unerwartet vor mir. Er hatte indianische Gesichtszüge, und sein langes Haar war im Nacken zusammengebunden.

„Ich werde jetzt die Polizei rufen, und dann schaffe ich dich von hier fort", sagte er mit einer sanften Stimme.

„Du willst mir helfen?", stammelte ich irritiert. „Wieso?"

„In meiner Welt gibt es noch Geister, und du bist eine Freundin der Geister", antwortete er.

Wenige Wochen später befand ich mich inmitten eines einfachen Trailer-Parks, in dem meine neuen indianischen Freunde wohnten, und überlegte, wie mein Leben weitergehen würde. Dean, der indianische Parkwächter, hatte mich mit zu sich genommen, und ich war sehr herzlich in seinem Stamm aufgenommen worden. Das Leben hier gab mir Ruhe, und mit der Ruhe wich die Erschöpfung, die das Erlebte mit sich gebracht hatte.

Ich hatte einen sicheren Ort gefunden, in dem ich verarbeiten konnte, was geschehen war. Immer wieder nahm ich mein Tagebuch zur Hand und ergänzte meine Aufzeichnungen, wenn mir wieder etwas einfiel. Am liebsten saß ich dabei auf einem Holzsteg, auf dem meine Freunde sonst ihre Boote zu Wasser ließen, wenn es zum Fischen rausging. Die Natur hier war noch intakt, und die Menschen achteten darauf, dass dies auch so blieb.

Als ich eines Abends wieder an meinem Lieblingsplatz auf dem Holzsteg saß und meinen Blick über den kleinen See schweifen ließ, bemerkte ich wunderschöne Nordlichter über dem Wasser. Sie schillerten in Grün- und Lilatönen und bewegten sich wie Wellen auf dem Ozean, mal langsam, mal energischer am Firmament entlang.

Ich bewunderte das Naturschauspiel und musste wie so oft an Erik denken. Er hatte es nach *Asgard* geschafft, das wusste ich in diesem Moment. Auch wenn ich angesichts dieses magischen Moments die physikalischen Abläufe in der Atmosphäre vielleicht nur überinterpretierte, so hatte ich einfach in diesem Augenblick das sichere Gefühl, dass Erik aus seiner Welt heraus mit mir Kontakt aufnahm. Und auch wenn ich ihn vermisste, hatte ich das Gefühl, dass er irgendwie noch bei mir war.

Eriks Element war die Luft und durch sie schien er mit mir zu kommunizieren, das hatte ich inzwischen erkannt: Ich spürte ihn, wenn eine leichte Brise mein Gesicht streichelte oder eine kräftige Böe mich davon abhielt, im falschen Moment über die Straße zu gehen. Er wachte aus seiner Welt heraus über mich.

Zunächst dachte ich, es wären Zufälle, dass ich diese Begebenheiten meiner Fantasie und dem Wunsch, ihn nicht ganz verloren zu haben, zuschrieb. Aber irgendwann war ich überzeugt, dass da mehr war als Einbildung.

Wie an dem Tag, als ich von einem kleinen Laden in der Nähe vom Einkauf nach Haus ging und mir der Wind beständig ein Papierschnipsel um die Nase wehte. Immer wieder flatterte das Teil vor mir herum, mal ins Gesicht, mal vor die Füße. Irgendwann war ich genervt davon, hob es auf und sah, dass es die Ecke einer liebevollen Nachricht gewesen sein musste. Jedenfalls sah man auf dem Schnipsel nur noch Herzchen und einen zwinkernden Smiley. Die Art, wie der Papierschnipsel mich verfolgt hatte, nämlich wie an Fäden bewegt, konnte und wollte ich nicht dem Zufall zuschreiben.

Ich schmunzelte bei dem Gedanken, wie es wohl gewesen wäre, wenn er als Mensch an meiner Seite geblieben wäre.

Sicher hätten wir mehr als einmal einen Kollegen zurate ziehen müssen, wenn in unserer Beziehung wieder einmal die Unterschiede unserer Wesen für

Konflikte gesorgt hätten. Ein Paartherapeut hätte wahrscheinlich viel zu tun gehabt, zwischen uns zu vermitteln. Und im Grunde wäre es uns damit genauso ergangen wie anderen Paaren. Schließlich war es nie ganz einfach, wenn zwei unterschiedliche Wesen einen gemeinsamen Weg gingen. Wichtig war nur, dass man den anderen in seiner Andersartigkeit schätzte und respektierte, dass er Dinge eben aus einem anderen Blickwinkel sah oder anders reagierte als man selbst. Wenn man dies schaffte und vielleicht auch ein paar Kompromisse einging, konnte man sich ergänzen und das Leben gegenseitig bereichern.

Ja, ich hätte ihn gern bei mir gehabt, hätte mit ihm lachen und streiten wollen. Aber immerhin, er hatte mich einen kurzen Weg in meinem Leben begleitet, doch dieser Weg bedeutete für mich die Ewigkeit, so klischeehaft dies auch klingen mochte.

Ich wusste, die Sehnsucht nach ihm würde noch lange wehtun, aber sie war es wert gewesen. Wir hatten etwas verändert. Erik hatte das wohl stärkste Gefühl mit nach *Asgard* genommen: die Liebe.

Und was er damals noch nicht wusste, war, dass auch er etwas von seiner Weisheit auf der Erde zurückgelassen hatte ... in mir. Medusa hatte es von Anfang an gewusst. Als ich vor drei Tagen das Ergebnis des Schwangerschaftstests mit ungläubigen Augen abgelesen hatte, begannen ihre spitzen Bemerkungen, die sie fortwährend gemacht hatte, Sinn zu ergeben. Ich legte eine Hand auf meinen Bauch und fragte mich, was aus dem kleinen Wesen, das in mir heranwuchs, werden würde. Aber ein warmes Gefühl in mir sagte mir, dass es gut war.

Marlas Nachwort

Ob jemals jemand meine Aufzeichnungen lesen wird, weiß ich nicht. Ich habe mir damit alles von der Seele geschrieben, um es für mich greifbar zu machen. Ich wollte die Erinnerungen niederschreiben, bevor sie beginnen würden, zu verblassen.

Wenn jemand diese Zeilen liest, wird er sie vielleicht für einen neuen Fantasyroman halten oder für die Hirngespinste einer Ärztin, die sich ein wenig zu lange mit Menschen beschäftigt hat, die anders waren.

Aber vielleicht gibt es auch die, die beginnen, unsere Welt ein bisschen mit anderen Augen zu betrachten. Die den Sagen und Geschichten, den Figuren aus längst vergangenen Zeiten ein wenig mehr Bedeutung beimessen.

Wie auch immer: Es gibt viele Arten, unsere Umwelt wahrzunehmen, und niemand kann sagen, welches die einzig wahre ist.

„Achte die Vielfalt menschlicher Welten."

Nachwort

So endeten Marlas Aufzeichnungen. Sie ist nie nach Deutschland zurückgekehrt, sondern in Nordamerika bei ihren neuen Freunden geblieben. Da wir weiterhin in Kontakt standen, weiß ich ein wenig darüber, wie ihr Leben weiterhin verlief.

Außer ein paar Freunden wie Christian und mich hatte sie nicht viel in Deutschland aufgeben müssen. Die Wohnung löste ich für sie auf, schickte ihr ein paar Dinge und verstaute den Rest in einem meiner Kellerräume, damit Marla sie irgendwann abholen könnte. Sie bat mich, auch nach Any zu schauen.

Any ist ein wirklich tolles Mädchen, das seine Erlebnisse erstaunlich gut verarbeiten konnte. Ich wusste damals nicht viel über die Geschehnisse und Umstände von Marlas Flucht in die USA. Im Bekanntenkreis, bei ihrer alten Arbeitsstelle und sogar in der Lokalpresse wurde wild spekuliert, und auch Marla war nicht bereit, mir genaue Auskünfte zu geben. Sie meinte, dass es besser für mich wäre, wenn ich nicht zu viel wüsste, und die Fragen, ob ich ihr trotzdem vertraue und wir Freunde bleiben könnten, bejahte ich sofort.

Ich kannte Marla, und was auch passiert war, sie war kein schlechter Mensch. Vielleicht war sie einfach ein wenig psychisch dekompensiert gewesen, wie Psychiater es nennen, wenn die Belastung für einen Menschen zu groß wird und er deshalb seltsam reagiert.

Und Marla hatte sich seltsam verhalten. Auch wenn ihr in Deutschland, nachdem sie von Christian wegen Eriks Entführung aus der Klinik vor Gericht gut vertreten worden war, keine Schuld nachgewiesen werden konnte, mied sie ihr

Heimatland. Diese Aktion ihrerseits von jetzt auf gleich auf einen anderen Kontinent auszuwandern, war eine für mich nicht ganz nachvollziehbare Reaktion.

Marla arbeitete wieder als Ärztin oder besser Schamanin, denn eine Zulassung zur Ausübung des Arztberufes bekam sie in den USA nicht. Sie wurde geduldet, da ihr Sohn gebürtiger Amerikaner war. Ja, sie war schwanger geworden und hatte einem Sohn das Leben geschenkt.

Ich besuchte die beiden zweimal, als Tristan fünf Jahre und als er zwölf Jahre alt war. Er war ein seltsamer, aber sympathischer Junge: ungemein klug, aber ein wenig unbeholfen in zwischenmenschlichen Angelegenheiten, wobei er stets bemüht war, freundlich zu anderen zu sein, und man seine gute Erziehung bemerkte. Die indianischen Kinder mochten ihn trotz seiner Andersartigkeit, andere Kinder lehnten ihn eher ab.

Anders erging es Any, als sie Tristan kennenlernte. Sie begleitete mich bei meinem zweiten Besuch in die USA und wollte einige Zeit dort verbringen, um ihre Englischkenntnisse zu verbessern, bevor sie ihr Psychologiestudium beginnen würde. Tristan und sie verstanden sich blendend, und da Tristan sehr reif für sein Alter wirkte, war der Altersunterschied von zehn Jahren nicht relevant. Die beiden verbrachten viel Zeit miteinander und waren wie Geschwister, die aufeinander achtgaben.

Marla ging es so weit gut, sie hatte ihr Auskommen und wurde in der Gemeinschaft geachtet und unterstützt. Einen Mann an ihrer Seite hat sie nie erwähnt, aber allein war sie nicht, denn sie hatte viele Freunde um sich herum.

Trotzdem wirkte sie manchmal bedrückt, als würden ihr Schatten aus der Vergangenheit Sorgen bereiten. Sie fragte mich, ob ich ein Auge auf ihren Jungen hätte, falls ihr einmal etwas zustoßen sollte. Ich antwortete, dass sicher Dean und die anderen für Tristan sorgen würden, aber dass auch ich für den Notfall da wäre.

Damals glaubte ich nicht, dass dieser Notfall eintreffen würde. Nach dem wunderbaren letzten Urlaub bei ihr sah ich Marla nie wieder. Es war nicht lang nach Tristans 18. Geburtstag, dass Marla anfing, seltsame Dinge zu schreiben. Sie habe das Gefühl, dass ihre Freunde sie nicht mehr beschützen könnten und dass sie Angst habe. Ich mutmaßte, dass es ihr erneut psychisch nicht gut ginge, vielleicht, weil Tristan an die Universität gegangen war und ihr diese Umstellung nicht guttat.

Ich sollte mich irren, es war anscheinend wesentlich schlimmer, denn wenig später fand man Marlas ausgebrannten Wagen am Abhang eines Highways. Die Polizei rekonstruierte, dass der Wagen wohl von der Straße gedrängt worden sei, das Fahrzeug hätte sofort Feuer gefangen, und für die Insassin sei jede Hilfe zu spät gekommen. Marla hatte dies tatsächlich kommen sehen, und nachdem ich ihr Tagebuch gelesen habe, habe auch ich eine Ahnung, warum der Unfall geschehen sein könnte.

Dieses traurige Ereignis veranlasste mich, Marlas Dinge, die noch bei mir waren, zu sichten. Tristan wollte mich irgendwann besuchen und schauen, was er davon behalten wollte. Beim Sortieren fiel mir das Päckchen mit Marlas Tagebuch in die Hände, und ich konnte nicht anders, als es zu lesen. Auch eine alte Zeichnung befand sich darunter, auf dem ich Marlas Gesicht erkennen konnte und das eines Mannes, den ich nie zuvor gesehen hatte. Die Gesichtszüge erinnerten mich jedoch stark an Tristans.

Marla ist jetzt vermutlich in einer anderen Welt, und ich hoffe, dass es ihr dort gut geht und ich sie vielleicht irgendwann wiedertreffe. Ihr Sohn (ich habe in meinen Aufzeichnungen seinen Vornamen, und da er inzwischen mit Any verheiratet ist, ist auch sein Nachname verändert) hat sich zu einem Genie in seinem Interessengebiet entwickelt. Was er sonst noch für Fähigkeiten hat und was seine Rolle hier auf Erden sein könnte, das kann und werde ich an dieser Stelle nicht berichten. Außerdem ist es wohl besser, wenn wir darüber nicht zu viel wissen.